Un amour empoisonné

Lettres camerounaises

Collection dirigée par Gérard-Marie Messina

La collection « Lettres camerounaises » présente l'avantage du positionnement international d'une parole autochtone camerounaise miraculeusement entendue de tous, par le moyen d'un dialogue dynamique entre la culture regardante – celle du Nord – et la culture regardée – celle du Sud, qui devient de plus en plus regardante.

Pour une meilleure perception et une gestion plus efficace des richesses culturelles du terroir véhiculées dans un rendu littéraire propre, cette collection s'intéresse particulièrement à tout ce qui relève des œuvres de l'esprit en matière de littérature. Il s'agit de la fiction littéraire dans ses multiples formes : poésie, roman, théâtre, nouvelles, etc. Parce que la littérature se veut le reflet de l'identité des peuples, elle alimente la conception de la vision stratégique.

Déjà parus

Ebenezer KOB-YÈ-SAMÈ, *L'équation de mon pays. Jour et nuit / Buose na Bulu*, 2016.
Jules Darlin NAKEU TSAGUE, *Le drépanocytaire, un malade victorieux*, 2016.
Mukoma LONDO, *La fille du procureur*, 2016.
MASSONGO MASSONGO, *En rime, de l'abîme à la cime*, 2015.
Appolinaire NGANTI NGONGO, *Laid comme Belzébuth,* 2015.
Charles SOH, *L'homme qui creusait*, 2015.
Jean-Baptiste MAPOUNA, *Les pieds sur terre*, 2015.
Christiane Louise Félicité KADJI, *Au pays de la magie noire*, 2015.
Dieudonné MBENA, *Offrandes poétiques aux Mères*, 2015.
André LAM, *Les étoiles voilées du Sahel*, 2015.
Désiré MBEKE, *Le ventre de mon village*, 2015.
Grégoire NGUÉDI, *Les ombres oppressantes*, 2015.
Careen PILO, *Les vagues tumultueuses de l'amour*, 2015.
Rodrigue Péguy TAKOU NDIE, *Le fardeau de nos pères*, 2015.

Calvin Blaise MANJIA

Un amour empoisonné

Du même auteur, à paraître

Les chiens errants, récit
Mon fils se remariera, drame
Cris de rage et de désespoir, recueil de poèmes

© L'Harmattan, 2016
5-7, rue de l'Ecole-Polytechnique, 75005 Paris

http://www.harmattan.fr
diffusion.harmattan@wanadoo.fr
harmattan1@wanadoo.fr

ISBN : 978-2-343-08755-9
EAN : 9782343087559

Je dédie ce roman à :

- Ma nièce Petngetnze Mfondoum Yolande ;
- Mon fils aîné : Ebode Serges Didier.

CHAPITRE I

Claude et Élise s'étaient rencontrés pour la première fois au collège protestant de la Cité des Arts, où il faisait ses humanités comme professeur de langues et où elle était élève depuis plus de six ans. C'était au mois de juin, par une belle matinée ensoleillée, presque au terme d'une année scolaire qui s'en allait à tire-d'aile, et qui avait été rudement éprouvante aussi bien pour l'un que pour l'autre. La fièvre des examens officiels échauffait les esprits. Lui, avait maille à partir avec des programmes longs et fastidieux, et elle était loin d'être à jour avec les préparatifs de son examen du brevet d'études qui allait avoir lieu dans une semaine.

Il sortait de la classe de première et allait d'un pas alerte, une chemise cartonnée bien serrée contre son flanc droit, tandis que de la main gauche, il tenait une mallette en cuir.

C'était un jeune homme, la trentaine révolue. Il était svelte, athlétique et harmonieusement bâti. La mine, déjà grave et sévère, dénotait le type d'enseignant en proie aux multiples tracasseries des polissons babillards dans les salles de classe. Il était ingambe, fier de sa personne et paraissait jouir d'une santé de cheval.

Il allait pénétrer dans la salle des professeurs lorsqu'il entendit un « Monsieur », « Monsieur », lancé à brûle-pourpoint dans la cohue des élèves qui batifolaient en tout sens sur le campus. Il se retourna d'un bloc, et vit surgir du charivari une jeune élève qui, fendant la foule, courait vers lui à perdre haleine. C'était pendant la grande pause et il régnait sur le campus un tohu-bohu infernal. Il s'arrêta net et fronça les sourcils. Il était très pressé et n'avait pas une seule minute à perdre. Il lui fallait coûte que vaille en découdre avec ses programmes.

Était- ce encore l'une de ces emmerderesses d'élèves, toujours aux aguets et prêtes à vous mendier une piécette pour la croûte de midi, comme il en pullulait sur le campus aux heures creuses, ou encore l'une de ces chattemites qui, par mille câlineries, vous aguichaient pour des bêtises ?

« De toutes les façons, se dit-il, résolument déterminé à ne céder ni à l'une ni à l'autre de ses doléances, celle-ci aura beau implorer le ciel et tous ses saints, elle ne tirera rien de moi ».

Parvenue à sa hauteur, elle lui marmonna un « Bonjour Monsieur », ahanant. Elle était à bout de souffle. Il ne la connaissait ni d'Ève ni d'Adam.

C'était une jeune fille sans allure, un peu nabote, à l'étroit dans son uniforme, une robette gris-de-terre délavée et effilochée par endroits, et qui moulait ses formes assorties. La figure, poupine et mafflue, la mine, naïve, le teint, d'un noir d'ébène, deux petits yeux en amande profondément enfoncés dans leurs orbites, tout en elle reflétait l'innocence et la candeur de la jeunesse. Les cheveux, d'un noir de jais et finement tressés, étaient noués à la nuque dans un magnifique catogan rose pourpre. Le regard, perçant et d'une fixité puérile, irradiait la pureté des premiers âges.

Qui était-elle et que lui voulait-elle ? Néanmoins, il lui rendit son bonjour, avec la désinvolture des gens très pressés, et avec cette méfiance que l'on affiche à l'égard des inconnues qui vous abordent sans façon.

Cette fille avait quelque chose de terrible dans le regard, quelque chose d'envoûtant, de captivant et de terrifiant. Elle n'était pas de ces midinettes qui vous abordent pour des prunes. En tout cas, elle n'en donnait pas l'air. Les mains aux hanches, elle ouvrit sa bouche menue, et ses lèvres, charnues à souhait et recouvertes de brillant pour les prémunir des insolations, laissèrent entrevoir deux rangées de dents pétillantes de blancheur.

- Monsieur, asséna-t-elle d'une voix susurrante, je vous connais !

Mais ! Pour sûr qu'elle le connaissait, comme d'ailleurs ces milliers d'élèves qu'il côtoyait tous les jours, dans les salles de classe et sur le campus ! Et comment pouvait-il en être autrement ? N'était –ce pas le jeune professeur de langues échoué là depuis un an seulement, mais déjà si célèbre pour ses boutades et si réputé pour ses reparties cinglantes, qu'il s'était vu affublé du respectable sobriquet de « Molière » ou encore de « mécanicien des langues » ?

Mais alors ! Qu'une pauvre pécore sortie de partout et de nulle part vînt se planter là devant lui, la mine pudibonde et qu'elle lui asséna̧t un cinglant « Monsieur, je vous connais », sans que rien *a priori* ne vînt justifier une pareille démarche, il n'y avait là qu'un pas que le jeune homme tenait à franchir, même s'il affectait de ne pas s'en soucier outre mesure.

- Écoutez ! mademoiselle ! dit-il, nerveux, je me fiche du tiers comme du quart que vous me connaissiez ou pas ! En outre, je suis très pressé. Aussi, vous saurai-je gré de m'excuser avant que …

Il ne put achever sa phrase. L'enquiquineuse, nullement démontée par ce rabrouement et bien décidée à ne pas lâcher prise, passa à la vitesse supérieure.

- Monsieur ! Je suis de Nkoussam, comme vous !Je connais vos parents et vos frères !

Là, c'était le dessus du panier ! Comment cette pauvre et frêle enfant, cet embryon à peine sortie de sa coquille pouvait-elle avoir le toupet de l'intercepter chemin faisant, lui, le redoutable pète-sec, ce professeur à la langue venimeuse, la bête noire et le croque-mitaine des élèves mal rangés, pour lui raconter des bagatelles ? Comment pouvait-elle prétendre le connaître à ce point, lui qui n'était là que depuis seulement un an ? Où avait- elle été pendant tout ce temps passé au collège, et pourquoi avoir attendu une année entière pour faire accointance ? Bien sûr qu'il était né là-bas, à Nkoussam et que son père et ses frères y avaient toujours vécu ! Mais, il en était reparti à la fleur de l'âge, et il y était retourné trente années plus tard ! Et voilà qu'une bellotte faisait irruption dans sa vie, et mettait tant de prétentions à le connaître, lui et les siens !

- Ah ! Tiens donc ! Comment ça, vous me connaissez ! Et d'abord qui êtes-vous ? demanda-t-il, les nerfs à fleur de peau.

La sainte nitouche, patiemment, se forgea une mine enjôleuse, planta ses yeux d'amande dans la figure impassible du jeune homme et lui dit, d'une voix qu'elle voulut langoureuse :

- Monsieur, je m'appelle Élise. J'ai vingt et un ans. Je suis de Nkoussam. Je suis élève en classe de 3e et j'aimerais vous rencontrer en privé pour...
- Jamais ! coupa-t-il sèchement.

La jeune fille, prise au dépourvu et paniquée devant cette fin de non-recevoir sans appel, demeura sans voix, mais ne s'avoua pour autant pas vaincue. Elle était de ces jeunes gens obstinés qui mettent leur point d'honneur à tirer satisfaction de tout ce dont ils ont besoin, nonobstant les obstacles auxquels ils sont susceptibles de se heurter. Aussi revint-elle à la charge, plus conquérante et plus déterminée que jamais.

- Monsieur, j'ai trop de problèmes. Il faut que vous m'*aider*...

- Juste ciel ! s'emporta-t-il, pris d'une rage démente. Comment osez-vous ? Quelle honte ! Mademoiselle ! Quelle honte !
- Pourquoi, monsieur ? Est-ce que j'ai tué quelqu'un ?
- Mais ! Vous venez de faire pire que tuer, mademoiselle ! Vous êtes en classe de 3e. Et partie comme vous êtes à vingt et un ans, écoutez votre grammaire et dites-vous bien que vos chances de réussir à votre brevet d'études sont nulles !
- Comment ça, monsieur ?
- Vous n'avez aucune maîtrise des temps verbaux ni de leur concordance. Alors, je vous prie de m'excuser !

Décontenancée par cette douche froide de la part de ce fagot d'épines qu'on disait d'un abord difficile, l'infortunée baissa la tête et lança à sa camarade plantée à dix mètres un regard en coulisse qui voulait dire : « *Le poisson n'a pas mordu à l'appât* ». Cette dernière cligna des yeux et, de la tête, lui fit un signe qui voulait signifier « *Courage, ne te démonte pas !* »

L'homme allait franchir l'entrée de la salle des professeurs lorsque la jeune fille l'agrippa par la manche de sa veste bleu pétrole et, d'une voix plus décidée, elle lui dit :

- Monsieur, je connais votre maison. Je viens chez vous demain samedi à douze heures.

Le carillon de la cloche au loin ponctua la fin de la récréation et de la rencontre entre le professeur et l'élève. Chacun put aller de son côté, lui en salle des professeurs et elle, en salle de classe. Le vacarme se faisait de moins en moins assourdissant et l'on put entendre le froufrou et le gazouillement des oiseaux dans les marronniers qui bordaient les allées du collège.

CHAPITRE II

Revenu chez lui, Rue des Palmiers ce soir-là, Claude ne put s'empêcher, quoiqu'il fît, de revivre en esprit le film de cette rencontre fortuite. Il eut beau penser à autre chose, chasser cette fille de son esprit, mais toujours elle s'incrustait en lui, le suivait comme son ombre, lui rappelant sans cesse qu'ils s'étaient rencontrés, et que cette rencontre promettait de durer plus longtemps qu'il n'y croyait.

Il revoyait cette mignarde plantée là devant lui, obstruant son passage, les deux mains plaquées aux hanches, la mine goguenarde, faisant la mijaurée, avec deux doux yeux pleins de candeur transperçant son visage impavide, sans qu'il comprît exactement ce qu'elle voulait. Son esprit s'était mis à battre la campagne et son cœur la chamade. Il était tout à la fois obsédé par deux sentiments confus : l'appréhension et l'amour.

Appréhension parce qu'il n'avait rien fait qui allât dans le sens de favoriser une rencontre pareille. Et quand bien même il l'eût voulu, il ne l'aurait pas fait pour tout l'or du monde. Il trouvait fort immoral et indécent qu'une fille prît son courage à deux mains et allât vers un homme pour lui parler sans façon, comme pour lui faire des avances. C'était pour lui un amour sens dessus dessous, un amour dévergondé. En outre, il avait toujours eu une prévention solidement enracinée contre le copinage entre professeurs et élèves du beau sexe. Il considérait ces relations buissonnières comme des relations coupables. C'était une entrave aux bonnes mœurs et un opprobre fait à la noble et divine mission du magister qu'il était. L'enseignant pour lui était le phare de la société, l'évangéliste chargé de propager la bonne nouvelle de la sapience. Grâce à lui, les barrières de l'ignorance s'estomperaient. Il avait l'exaltante charge de conduire les ouailles dont il présidait aux destinées intellectuelles, des ténèbres abyssales de l'ignorance vers le socle inébranlable de la lumière, du savoir libérateur.

Bien sûr, que la profession d'enseignant est de celles où la tentation est très forte et où ces liaisons s'avèrent parfois inévitables, les élèves se toquant de leurs enseignants et vice-versa. Bien sûr que jamais plus qu'à cette époque-là, la débauche tant décriée par les médias et les politiques en milieu scolaire n'avait atteint son apogée. La dépravation semblait avoir déserté les grandes artères de la cité pour établir ses quartiers dans les institutions scolaires et universitaires. Il n'y eut pas une seule de ces satanées dévergondées qui ne se targuât d'avoir son *jules* de professeur. Les uniformes scolaires étaient devenus pour elles des atours redoutables dont elles savaient si bien se parer pour vous acoquiner, vous aguicher, vous franc-taper. C'était l'époque des amours dépravées, dépravation rendue criante par le foisonnement des littératures érotiques et sentimentales qui avaient pris le pas sur l'étude des arts et des lettres. Elles étaient promptes à dire « Mon chou », « Mon bébé », « Mon lapin », mais elles ignoraient Verlaine, Senghor ou Césaire. Il n'y eut pas non plus cette année- là une seule classe où l'on ne dénombrât deux à trois jeunes filles aux ventres rebondis. Avant la fin de l'année scolaire, trente-cinq femmes avaient été mises à la porte de l'institution, engrossées pour la plupart par leurs professeurs.

Lui, le parfait polyglotte, frais émoulu de l'illustre faculté des arts, lettres et sciences humaines de l'université de Makouop, lui, l'intellectuel accompli fraîchement débarqué là, lui qui parlait tel un ventriloque les meilleures langues qui fussent au monde, lui dont les mots crépitaient de la bouche ainsi qu'un fusil crachant des balles, il était digne de sa personne, fier de sa profession et tenait à la pureté de ses idées. Pour lui, la femme n'avait de valeur et de poids qu'à condition que ce fût l'homme qui allât vers elle.

Soudain, le souvenir de Nchare afflua dans son esprit. C'était un collègue de service, une brave tête de bon vivant qui venait de se brouiller avec sa femme, après dix-sept bonnes années de saintes et fidèles amours. Ils s'étaient épris l'un de l'autre autrefois, et leur amour avait été une mélodie du bonheur. De leur union étaient nés quatre beaux gosses que madame chérissait et choyait par-delà tout. Depuis, son homme, s'abandonnant peu à peu à la coquinerie, s'était mis à courir la gueuse, multipliant liaisons par-ci, aventures par-là, parmi ces perverses en uniforme scolaire. Madame, le flairant d'infidélité aux habitudes de couche-tard qu'il avait prises, avait sangloté et s'était mortifiée dans les premiers temps, puis se reprenant peu à peu, s'était mise à épier ses moindres faits et gestes, jusqu'au jour où elle l'avait pris la main dans le sac. C'était à la terrasse d'un de ces bistrots minables et insalubres du quartier, comme il en poussait à la pelle partout dans la cité. Confortablement installé autour d'une table bien achalandée, monsieur se requinquait, une coquine d'élève encore en uniforme blottie dans ses bras. La pauvre femme avait eu le tournis, car elle venait de reconnaître en cette ravisseuse de mari la fille de la voisine. La scène avait très mal tourné. L'homme avait pris la poudre d'escampette, laissant les deux bagarreuses aux prises l'une avec l'autre.

La cornette était revenue au foyer, tout esquintée, le visage recouvert d'ecchymoses et de boursouflures, le corsage en lambeaux, la mine déconfite. Puis, n'en pouvant plus d'être la risée du quartier, la pauvrette avait pris ses cliques et ses claques un beau matin, maudissant le jour où elle avait connu cette crapule de mari, et pestant contre toutes les voleuses de maris du monde.

Mais, en même temps, dans le cœur de Claude, un vague sentiment d'amour naissait. Il avait trente-trois ans, était célibataire et les siens le harcelaient de prendre femme. Non qu'il n'en voulût pas, mais par idéal, pour lui, le mariage était une question de rang, de statut. Il lui fallait une femme qui le mît en valeur et qui rendît illustres son nom et sa profession. Sa septuagénaire de mère lui avait proposé une flopée de filles, mais lui, n'en voulait pas. À lui donc de trouver la compagne de sa vie, et il tenait par monts et par vaux à en dénicher parmi la gent scolaire.

Et si cette mystérieuse Élise avait été l'élue du ciel ? Non ! Il avait de la peine à y croire. Sa taille, son niveau scolaire, son élocution et même sa mise, rien en elle ne reflétait à ses yeux l'épouse modèle, la femme idéale.

Bien sûr qu'elle avait son petit bonhomme de coquetterie et qu'elle pouvait plaire. Mais lui ne la trouvait pas de son acabit. Il voulait une femme taillée sur mesure, une fille qui eût de la prestance, du caractère et un esprit prompt, et non de ces jouvencelles inaptes à la réflexion et incapables de forcer le plus petit respect.

Depuis bientôt trois mois, son cœur battait pour une nymphe qui était en classe de terminale dans un lycée de la place. Bien en chair, en esprit et en stature, Ornella pouvait combler ses attentes et le rendre heureux. Taillée comme une sirène, la voix sifflante et pétillante de beauté, voilà comment il se représentait la femme de sa vie, le grillon du foyer.

Il s'était promis de l'aborder une fois l'examen du baccalauréat achevé. Deux semaines auparavant, il lui avait fait parvenir un billet doux dans lequel il lui déclarait sa flamme. Elle en avait favorablement accusé réception trois jours plus tard, et Claude avait frémi de bonheur. Depuis lors, il attendait avec une impatience fébrile cette rencontre qu'elle lui avait promise, et il lorgnait son passage aux heures de son retour du lycée, n'ayant plus pour elle que des yeux de Chimène.

À présent que ledit examen était terminé, il estimait venu pour lui le moment de provoquer ce tête-à-tête tant souhaité et mille fois rêvé. Et voilà que cette bécassine d'Élise surgissait tout de go, s'incrustait dans son cœur et bousculait ses pensées. Cela avait failli être le coup de Trafalgar. Dans son esprit en feu et son cœur en flamme, il semblait avoir perdu la tramontane. Mais, en homme de tête, il sut faire la part des choses.

Pour rien au monde, il ne se lierait à une fille du collège où il enseignait, pas plus qu'il ne prendrait pour femme une fille qui ne brillait ni par le goût ni par l'esprit, comparée à ce parangon d'intelligence et de beauté qu'était Ornella.

Telles étaient, en cette soirée du vendredi qui précédait le rendez-vous à l'arraché imposé par la fille-mystère du collège, les pensées qui se bousculaient dans l'esprit de Claude, pensées dans lesquelles il avait essayé de mettre de l'ordre jusqu'à tard dans la nuit. Puis, il s'était endormi, bercé dans son sommeil par la vision d'Ornella et par les rafales du vent qui déferlaient sur la cité.

CHAPITRE III

Sous la canicule ambiante, la petite Martha vint se planter sur le seuil de la porte, arrachée à ses loisirs par les vrombissements d'une motocyclette dans la vaste cour dallée de la concession familiale. Une jeune femme en descendit et lui fit un coucou de la main, en signe d'appel. Saisie d'épouvante et n'ayant pas les inconnus à la bonne, la petite, fluette pour ses huit ans, rentra précipitamment dans la maison, traversa le salon et déboucha en coup de vent dans la salle d'études où son père était assis autour d'une table qui ployait sous une pile de livres et de paperasses.

- Papa! Papa ! fit-elle, affolée, la voix menue.
- Quoi ? fit son père.
- Il ya une femme dans la cour.
- Conduis-la ici ! lui ordonna Claude en consultant sa montre.

Il était douze heures tapantes et le soleil était au zénith. Il devina que la femme en question devait être la mystérieuse visiteuse et il fut ébahi par sa ponctualité d'horloge. Il en était là, tout à son ébahissement, lorsqu'une silhouette s'encadra dans la porte. Il leva la tête et ne la reconnut pas sur le coup, tant elle s'était fardée et peinturluré le visage. En plus, la mise vestimentaire, composée d'un pantalon ainsi que d'un blouson en cuir la rendait encore plus nabote et plus débraillée qu'elle ne l'avait été sous l'uniforme scolaire. Elle lui était apparue sous les allures d'un garçonnet, avec son accoutrement, son menton en galoche, ses airs cagnards et les bottines qu'elle portait. Elle était de ces jeunes filles qui sont plus coquettes et paraissent plus attrayantes lorsqu'elles sont vêtues avec simplicité, sans fard ni attifement. Elle l'eût séduit un tantinet, drapée dans un pagne qui reflétât sa race ainsi que sa tribu et non dans cette pantalonnade ridicule.

- Ha ! Monsieur ! Vous lisez quoi ? demanda-t-elle, en se laissant choir sur une chaise juste en face de lui.

Il ne prit pas la peine de lui répondre. Il avait les yeux plongés sur l'écran de l'ordinateur dont il manipulait la souris. À la place, il la réprimanda vertement, sans même lever les yeux sur elle.

- Mademoiselle, lorsqu'une personne s'invite chez quelqu'un, elle prend la peine de le saluer et ne s'assied que quand son hôte le lui en a fait l'offre. On ne vous l'a jamais appris ?

Mais déjà, elle avait pris sur la table *Cameroon tribune*, un quotidien d'informations dont elle effeuillait les pages, en levant de temps en temps sur lui un visage minois.

- Ha ! monsieur, vous voulez me chasser ?
- Et pourquoi vous chasserai-je ? fit-il, toujours absorbé par l'écran de l'ordinateur.
- Ha ! monsieur ! Vous êtes sévère même à la maison ?

L'exaspération était à son comble, mais Claude sut faire preuve d'une grande retenue. Tout en continuant de cliquer sur la souris, il lui dit posément :

- Mademoiselle, si vous êtes venue ici pour éprouver mes sentiments ou mes états d'âme, je crois que vous feriez mieux de vous en aller le plus tôt possible. Je suis très occupé, voyez-vous !

Elle ne leva même pas la tête vers lui, plus préoccupée par les photos et les images qui jonchaient le quotidien que les informations dont il regorgeait. Il poursuivit :

- Apparemment, vous n'êtes pas là pour apprendre.
- Comment ça, monsieur ?
- Puisque vous êtes venue les bras ballants.
- Ha ! monsieur ! Est-ce qu'on nourrit sa poule le jour du marché ? répliqua-t- elle.

La poule, c'était le brevet d'études qu'elle préparait et le jour du marché son imminence dans quelques jours.

- Alors, dites-moi enfin l'aide que vous attendez de moi.
- Ha ! monsieur, vous êtes pressé ? Je vais vous dire.

Cette fois, Claude éteignit carrément l'ordinateur, leva sur elle des yeux plus conciliants, croisa ses deux mains et lui dit sur un ton qu'il s'efforçait de rendre plus hospitalier et plus amène.

- Bon, je vous écoute !
- Monsieur, c'est votre fille qui est venue m'accompagner tout à l'heure ?
- Oui, répondit-il. Pourquoi ?
- Monsieur, elle est très jolie.

Il ne lui répondit pas. Elle poursuivit :

- Monsieur, où est madame ? Claude fronça les sourcils et lui répondit :
- Elle n'est pas là !
- Elle est où ? enchaîna-t-elle.
- Au marché !
- Ha ! monsieur, vous mentez ! Vous n'êtes pas marié !
- Comment oses-tu ? s'emporta-t-il. Qui te l'a dit ?

Il fut très surpris de la tutoyer pour la première fois et ne comprit pas pourquoi. Elle continua :

- Mon grand frère Elias. C'est lui qui m'a dit. Ha ! monsieur, vous attendez quoi pour vous marier ?
- Je t'attends ! Si ça peut te plaire ! fit-il d'un ton plus sec.
- Ça me plaît monsieur ! avait-elle répondu, sans le moindre barguignage, ses petits yeux se faisant plus doux et le fixant avec émerveillement.

Ses doutes se confirmaient.

Il commençait à comprendre. Son apparition à l'emporte-pièce, ses harcèlements, ses suppliques, les rabrouements et les coups de gueule dont elle avait fait fi, cette visite obtenue à l'arraché qu'elle lui rendait là, maintenant, c'était donc pour ça et rien d'autre. Pour éprouver son amour ! Il voulait en avoir le cœur net là-dessus. Aussi, continua-t-il, abondant dans son sens et se faisant le plus amène possible.

- Comment t'appelles-tu ?
- Nzié Élise, monsieur.
- Quel âge as-tu ?
- Ha ! monsieur a déjà oublié ? Vingt et un ans monsieur !
- En classe de 3e ?

Elle fit une moue profonde.

- Oui, monsieur !
- Tu habites où ?
- À Manka, monsieur.

C'était l'un des quartiers les plus populeux de la Cité des Arts.

- Chez qui ?
- Chez mes parents, monsieur.
- Que fait ton père ?
- Il est retraité, monsieur.
- Que faisait-il ?
- Il gérait la plus grande station d'essence de la ville.
- Et ta mère ?
- Elle est couturière et commerçante !
- De quoi ?
- Elle vend la cola, monsieur !
- Tu as des frères, des sœurs, combien ?
- Nous étions onze. Nous sommes neuf à présent, monsieur, cinq garçons et quatre filles.
- Et les deux autres ?
- Morts, monsieur !
- Tu es d'où exactement ?
- De Nkoussam, monsieur ! Comme vous, monsieur !
- Claude marqua un temps d'arrêt, puis poursuivit :
- Que fais-tu en 3e à vingt et un ans ?
- Ha ! monsieur, est-ce que c'est ma faute ?
- C'est la faute à qui ?
- Je ne sais pas, monsieur !
- Tu as l'air plus jeune ! On te donnerait dix-sept ans !
- Et vous ? Monsieur !
- Comment ça, et moi ?

- Vous avez quel âge, monsieur ?
- Trente- trois ans.
- Vous paraissez plus âgé, monsieur !

Il s'était levé et s'était mis à marcher de long en large dans ce réduit qui tenait lieu de salle d'études. Il était vêtu d'un jogging d'un vert couleur de bouteille, la tête coiffée d'une casquette blanche et il portait des baskets d'un bleu sombre. La jeune fille le dévorait des yeux. Elle lui dit :

- Ha ! monsieur, vous êtes bien vêtu !

Brusquement, sans qu'elle se fût attendue le moins de monde, Claude venait de changer de sujet, d'une voix qui avait perdu son aménité. Il ne la tutoyait plus.

- Bon ! venons à l'essentiel, voulez-vous ? Vous êtes là pourquoi ?
- Mais ! fit-elle, ébahie. Pour vous rendre visite, monsieur !
- Ce n'est pas ce que vous m'avez dit hier. Vous parliez d'aide, je crois ?
- Bah ! monsieur, c'était une façon de parler.
- Bon ! fit-il, en prenant sur la table une feuille de papier vierge et un stylo qu'il lui tendit en disant :
- Je m'en vais vous faire une petite dictée, question de savoir comment vous avez préparé votre examen.
- Oh non, monsieur ! fit-elle avec un visage d'enterrement, la voix chevrotante.

Il avait insisté tant et si bien qu'elle avait fini par obtempérer. La dictée fut faite. Pendant la première lecture, elle eut plus d'yeux pour le regarder que d'oreilles pour l'écouter. À la première phrase qu'il avait corrigée, Claude avait failli tomber à la renverse. Cela avait été une phrase agrammaticale et le reste bien évidemment, un texte jonché de sons et noyé dans un océan de fautes lourdes et déplorables, un texte rédigé dans le pur patois du terroir. Le record des fautes avait été de l'inédit : cent dix pour dix-huit lignes à peine.

Ne tenant plus en place, il fulminait de colère, tempêtait, raillait son inculture, lui crachait au visage, disant qu'elle était une cancre invétérée, une bêtasse inapte à la réflexion et indigne d'une classe de 3e. Pour finir, il lui avait fait signe de sortir, avait furieusement donné deux tours de clé et s'était promis de la raccompagner.

La malheureuse demeurait là, pâle comme une morte, ne sachant si elle devait s'enfuir ou si elle consentirait à ce que ce jeune homme revêche lui tînt compagnie.

Pendant qu'ils traversaient le salon, la jeune fille s'était perdue un moment dans la contemplation de l'ameublement. C'était une petite maison de famille, rectangulaire, aux murs vétustes et dont la peinture d'un jaune vif s'écaillait par endroits. Le salon comprenait deux larges fenêtres qui donnaient sur la rue et une grande porte en bois que recouvraient de longs rideaux en mousseline blanche. À l'un des angles du salon trônait un canapé qu'entouraient quatre fauteuils rembourrés. Face au salon, il y avait un poste de télévision juché sur un trépied. Plus au fond, à une encoignure, un classeur occupait tout un pan du mur, avec en son milieu un large rayon où étaient rangés et étiquetés des livres, des romans et toute la paperasserie de la maison. On sentait que la personne qui y vivait, soit était indifférente aux meubles, soit avait des revenus modestes. La deuxième hypothèse était la plus probante, car en réalité, Claude n'avait pas du foin dans ses bottes. Il se contentait de son minable salaire de professeur pour faire aller sa maisonnée, composée de Martha, cette mignonne qu'il chérissait tant, qui était sa deuxième progéniture et qu'il avait eue à vingt-cinq ans, au temps où il finissait ses études de lettres modernes à la fac, et de lui-même. Elle était au CEII et allait bientôt entrer au CMI. Sa mère avait péri dans un tragique accident de circulation quatre ans plus tôt et Claude en avait éprouvé un profond chagrin. Ils allaient se marier l'année où elle mourut. Ils étaient jeunes, beaux et voyaient l'avenir en rose. Il avait récupéré la petite et il mettait son point d'honneur à ce que rien ne lui manquât, pas même la perte de sa maman.

Pendant que la visiteuse s'attardait au salon, la petite vint se blottir contre elle et leva sur elle deux petits yeux pleins d'attendrissement et d'amour. Son père lui lança un regard foudroyant qui ne réussit pas à la détacher de la mystérieuse visiteuse. Il était très circonspect quant à l'attachement de sa fille à qui que ce fût parmi la gent féminine. Il ne voulait pas d'un amour par procuration, d'un amour par pitié pour la petite. Elle s'attacherait à qui il voudrait et en temps opportun.

Dehors, un vent doux soufflait, chassant la canicule, berçait et faisait bruire les palmes qui constituaient l'essentiel de la végétation sous laquelle des habitations étaient enfouies. C'était Samtouen, la Cité des Palmiers. Ils s'étalaient à perte de vue, dans un alignement d'une rectitude impressionnante.

Il avait allumé une cigarette dont le vent happait les voluptueuses bouffées. C'était chez lui l'expression d'une profonde nervosité.

Pas un seul mot n'avait été échangé entre l'hôte et la visiteuse pendant qu'il la raccompagnait. Elle tenait la petite par la main et son père bouillait de colère. Son esprit tintinnabulait : comment cette insigne inconnue avait-elle eu le front de s'inviter chez lui, de pénétrer sa vie privée et de s'arracher l'affection de la petite qui à l'ordinaire était rétive à tout étranger ? Que diable était-elle venue faire chez lui ? Il doutait fort, au terme de la dictée faite tout à l'heure, qu'elle fût seulement en mesure d'orthographier correctement son nom. Le texte qu'il avait corrigé était un amas de gribouillis et de non- sens.

Ils allaient se quitter quand elle rompit le silence.
- Ha ! Monsieur, vous avez l'air très fâché. Vous ne m'avez pas adressé la parole depuis que nous avons quitté la maison. Vous ne parlez jamais patois ?

Il demeurait muet. Elle poursuivit :
- Les élèves ne savent pas où donner de la tête. Beaucoup disent de vous que vous êtes un Bassa, d'autres prétendent que vous êtes un Béti ou un nordiste[1] de par votre nom.
- Que vous importe que je sois ceci ou cela ? lui lança-t-il, faisant un effort surhumain pour être un tant soit peu courtois. Et à quoi bon ? poursuivit-il. Voilà où cela vous mène, à force de patoiser partout, sur le campus et dans les salles de classe ! Il faisait allusion à la dictée faite tout à l'heure.

Toutes les communautés éducatives de la Cité des Arts, depuis les personnels enseignants et administratifs jusqu'aux parents d'élèves en transitant par les élèves le savaient, Claude s'était taillé en si peu de temps un nom de pierre, en raison de la haine viscérale qu'il nourrissait contre tout usage du vernacularisme en milieu scolaire. Il clamait *urbi et orbi* que le patois était la gangrène qui rongeait l'éducation, l'épine plantée dans le dos de l'alphabétisation. L'enseignement se porterait beaucoup mieux, avait-il coutume de dire, le jour où les gouvernements voteraient des lois qui en interdiraient l'usage dans les enceintes scolaires et qui frapperaient de lourdes peines tout contrevenant à celles-ci.

---

[1] Bassa, Béti, Nordiste : Différents groupes ethniques du Cameroun.

Le collège tout entier gardait souvenance du jour où il se brouilla d'avec l'administration. C'était deux mois après la rentrée académique. Le vice-principal, un gros homme ventripotent, ruffian et ami de la bouteille, faisait la ronde des salles de classe, flanqué des surveillants généraux et de l'intendant. Un silence de tombeau régnait dans les classes. Faisant irruption dans la classe de Claude ce matin-là, il lui avait tendu une grosse main boudinée, tout en lui parlant crânement dans son patois. Les élèves étaient au garde-à-vous. Ignorant la main tendue, Claude s'était calmement approché du pupitre, s'était emparé de sa mallette et avait gagné la porte, provoquant un tollé général. Un rire canaille était parti de toutes les lèvres. Des hourras et des vivats l'avaient accompagné en héros jusqu'à la sortie, en même temps que ces polissons raillaient et conspuaient tous ces messieurs plantés là devant eux sur l'estrade, les ventres bedonnants sous leurs vestes et cravates. Claude et cet homme ne s'étaient pas rabibochés depuis lors.

Lorsqu'ils eurent fait cinquante mètres, Claude empoigna la petite, dit au revoir à la visiteuse et reprit le chemin de retour. Il était bouleversé. Il ne parvenait toujours pas à comprendre comment il avait réussi à recevoir chez lui une fille de cette trempe ! Rien n'était plus pareil pour lui, sa vue se brouillait, son esprit se troublait. Il était en proie à mille pensées obscures. Et Ornella ! Que penserait-elle de lui si jamais elle apprenait cela ? Non, il était hors de question qu'elle apprît quoi que ce fût. C'eût été sa ruine, l'effondrement de tout un rêve, d'un bonheur qui naissait. Et si cette midinette allait publier à l'encan qu'il avait été son hôte ? Ça ! Jamais ! Elle n'oserait le faire.

- Hé, mademoiselle ! lui avait –il lancé, surtout pas un mot de votre visite, hein ?
- Oui, monsieur ! lui avait-elle répondu au loin.

* * * *

La nuit tombait sur la Cité des Arts, engloutissant végétations et habitations. Rue des Palmiers, on n'entendait plus que le cui-cui des oiseaux et des insectes qui s'en allaient dans de grands battements d'ailes, ainsi que le coassement des grenouilles dans les marais. Le vent déferlait en rafales dans les maisons. Soudain, le ciel mugit, annonçant une grande averse. Claude était installé devant le poste de télévision et s'apprêtait à suivre le journal de vingt heures, lorsque le téléphone portable posé devant lui sonna. Il le prit et décrocha l'appel ; c'était un numéro inconnu.

- NJOYA Claude à l'écoute. À qui ai-je l'honneur, s'il vous plaît ?

Une voix clairette qu'il reconnut aussitôt lui répondit :

- Bonsoir, monsieur ! C'est Élise ! Vous n'avez pas reconnu ma voix ?
- Bon sang ! explosa-t-il. Qui vous a donné mon numéro ?
- C'est au collège que je l'ai relevé, monsieur, dans la salle des professeurs.
- Décidément, vous ne manquez pas de toupet, vous ! Et que voulez-vous ?

Elle fit une légère pause avant de poursuivre :

- Juste pour vous souhaiter bonne nuit. Vous avez le bonsoir de mes parents. Je vous…

Elle ne put terminer sa phrase, il venait de lui raccrocher au nez, blême de colère. Il ne se contenait plus. Il fulminait contre ces fichus administrateurs qui se prenaient pour Dieu le Père, en exposant à la portée de toutes ces coquines le répertoire téléphonique des enseignants et par ricochet leur vie privée. Les choses ne devaient plus aller comme elles allaient.

Ainsi donc, cette bourrique n'avait pas tenu sa langue ! Elle était allée se faire de la publicité, se faire valoir jusque dans le giron familial. Et ses parents ! Comment osaient-ils le saluer alors qu'il ne les connaissait même pas ? Que leur avait-elle dit ? Que cherchait-elle réellement ? Dans quel monstrueux traquenard voulait-elle le faire tomber, lui qui passait pour un redoutable sphinx ?

La nuit s'écoula ainsi pour lui, une nuit blanche passée à réfléchir, à se poser mille et une questions. C'était une jeune fille nubile, bien sûr ! Et qui avait de petits atouts pour plaire et séduire. Mais, elle n'était pas son genre, elle ne lui plaisait pas. Sa taille, son esprit obtus, sa voix, ses airs campagnards, rien en elle ne l'attirait. Il avait beau la rabrouer, la sermonner, la vilipender, toujours elle revenait à la charge, plus déterminée que jamais à en découdre avec lui. Et voilà qu'à présent, elle mettait ses parents dans le coup. Et si Ornella venait à l'apprendre ? C'en serait fait de son amour. Oui ! Son rêve mille fois caressé s'écroulerait tel un château de cartes.

Et cette lettre qu'elle lui avait écrite, qu'il récitait par cœur et dont chaque mot sonnait pour lui comme un aveu de leur amour réciproque, était devenue son livre de chevet, une espèce de relique qu'il ne quittait plus des yeux. Ils avaient rendez-vous aux mâtines sonnantes, avant l'office du dimanche, et il ne fallait pas qu'il ratât l'occasion de la rencontrer pour la première fois, afin de lui dire son amour de vive voix et d'en éprouver le sien.

CHAPITRE IV

Le jour poignait à l'horizon, avançant au trot lent d'un pur-sang que son maître tient majestueusement par la bride, pour l'empêcher de se fouler les sabots sur les ronces du chemin, et dissipait peu à peu l'obscurité de sépulcre dans laquelle baignait le paisible quartier de Samtouen. Un vent de tempête soufflait sur la Cité des Arts, balayant de ses rafales les liasses de feuilles mortes et de détritus qui jonchaient les ruelles et les courettes des habitations, en cette saison où tout tombe aux coups redoublés des vents. Au loin, l'on entendait des portes claquer et des fenêtres s'entrechoquer violemment sous la forte poussée du vent. Un gros orage s'amoncelait.

Cependant, bravant les tumultes du vent et défiant les rigueurs de froidure de cette impétueuse aube de juin, Claude arpentait, solitaire, une sente abrupte, sinueuse et caillouteuse, en direction de la voie macadamisée qui conduisait au centre-ville. Il n'avait pas fermé l'œil de toute la nuit. Il allait d'un pas claudicant, arraché à son lit par le coucou qui au mur avait sonné cinq coups. Il allait, mû par un seul espoir, celui que les déferlements du vent et les pétarades du tonnerre qui déchiraient le silence monacal des habitations seraient moins rageants après que le jour se serait étalé dans toute sa blancheur. Partout, ce n'étaient qu'appels des muezzins dans les mosquées et tintements des cloches dans les cathédrales, invitant les fidèles à la prière et au recueillement.

C'était le jour de la rencontre fixé par Ornella, le jour tant attendu, le jour de gloire. L'aube se faisait de plus en plus nette et sa clarté encore pâle furetait entre les feuillages et les habitations.

Au détour d'un sentier, il fut soudain pris d'un grand malaise. Ses yeux se vrillèrent, il vacilla et manqua de s'étaler de tout son long, saisi par une espèce de tachycardie violente. Son cœur cognait à se rompre dans sa poitrine, et il en ressentait les inquiétantes pulsations. Il chercha alentour une grosse pierre qui par enchantement se trouvait là, et s'y laissa choir. Jamais auparavant, il n'avait connu rien de tel. C'était un dandy doté d'une solide constitution physique, fort peu enclin à de tels malaises et toujours maître de sa personne. Les émotions, les états d'âme, les peurs et les frustrations ne l'affectaient jamais. Mais là, c'était à n'y rien comprendre.Que lui arrivait-il.? Était-ce la peur de ne pas être à la hauteur, de tatillonner devant ce beau brin de fille vers laquelle toutes ses pensées et toute son âme se ruaient à présent ? Comme l'amour revêt des revers terribles et vous fait vous découvrir un autre type de personne !

La nature à présent avait recouvré son grand manteau blanc. Les voitures circulaient en tout sens, dans un vrombissement à couper le pouls. Ayant retrouvé ses esprits, il avait levé la tête, quitté le tertre et repris son chemin. Il n'avait pas fait trente mètres qu'il vit Élise qui venait dans sa direction, juchée derrière une motocyclette, et son cœur se remit à cogner plus fort. Il s'arrêta et maugréa entre ses dents. Elle était endimanchée dans un pagne aux couleurs bariolées et tenait dans sa main une grande sacoche noire.

Il aurait voulu se cacher. Mais il était repéré, cerné. Il n'y avait rien à faire ! Nul endroit où se tapir.

Pour qu'elle fût là de bonne heure, il fallait qu'elle eût passé une nuit blanche elle aussi. Mais, pourquoi ? Pour qui ? Pour lui ? Que s'imaginait-elle ? Qu'il était fait pour elle ? Non ! Trois fois non ! Il n'en voulait pas. C'était pour Ornella qu'il pinçait, c'était pour elle, rien que pour elle, que son cœur vibrait, palpitait, cognait. C'était pour elle qu'il s'était levé si tôt, qu'il courait les chemins, au mépris des intempéries.

- Ha, monsieur ! Vous allez où ? demanda Élise lorsque la moto se fut arrêtée à la hauteur de Claude et qu'elle en fut descendue.
- Mais, bon Dieu ! explosa-t-il. Allez-vous me ficher la paix une bonne fois pour toutes, mademoiselle ? Que vous ai-je fait ? Que me voulez-vous ? Moi, je ne vous aime pas et je ne vous aimerai jamais, comprenez-vous ? Allez-vous en ! Je ne suis pas mieux qu'un autre homme ! Je n'ai rien de plus que les autres ! Vous êtes encore jeune, vous êtes belle et Dieu seul sait si l'avenir vous appartient ! Alors, de grâce, Laissez-moi tranquille !

Puis, il avait repris sa route, d'un pas tranquille, sans même se retourner pour voir l'effet que sa brutale réaction avait produit sur elle. Et elle resta là un instant, plantée sur le macadam, les yeux hagards, le regardant s'éloigner, avec un air de déterrée, complètement perdue et ne sachant à quel saint se vouer.

Ainsi donc, il venait de lui river son clou, de lui dire son fait ! C'en était fait pour elle ! Ses yeux s'embuèrent et deux longs filets de larmes coulèrent sur ses joues rebondies et maculèrent sa toilette.

Son amour s'en allait à vau-l'eau. L'horizon devant elle, les passants, les rues et les cases n'étaient plus les mêmes. Tout à présent lui paraissait enveloppé sous un jour triste. Elle poursuivit sa route, marchant telle une somnambule, et faillit même se faire percuter par une automobile qui roulait à tombeau ouvert. Elle rejoignit le flot des piétons et se perdit dans la circulation.

Lorsqu'il revint chez lui, Claude était comme un coq en pâte. Une inextinguible jubilation faisait irradier son visage d'amoureux. Oui, Claude était amoureux d'une jeune fille qui le lui rendait si bien. Ils allaient vivre ensemble, former un beau couple et être heureux pour toujours. Ornella faisait déjà son bonheur, le bonheur de sa vie.

Lorsqu'il eut franchi la porte du salon, la petite Martha sortit de sa chambre et vint se jeter dans ses bras. Elle aussi paraissait ivre de bonheur, ce à quoi Claude ne comprit rien. Il la souleva du sol, la plaqua contre sa poitrine et lui fit mille bécots, puis déposa sur la table de la salle à manger un paquet de provisions ensaché qu'il avait ramené de la ville. Il allait regagner sa chambre lorsque la petite se ravisa.

- Papa ! J'allais oublier ! La tata d'hier est venue, dit-elle en courant vers sa chambre, puis elle en ressortit, tenant dans ses bras une grosse sacoche que Claude reconnut aussitôt. C'était le paquet qu'Élise tenait entre les mains ce matin.

- Par mes aïeux ! jura-t-il.

Il venait de perdre de sa superbe. Il s'affala sur le canapé, porta ses mains sur ses joues et demeura prostré ainsi, dans l'attitude d'un homme accablé et en proie à une profonde méditation. Comment ! Cette roulure avait osé s'amener ici chez lui ? Oui, décidément, elle était déterminée à lui pourrir l'existence, à le tarabuster à n'en point finir, à ne pas lui laisser une seule minute de répit, à le harceler jusqu'à ce qu'il succombât. Pourtant, il n'était pas passé par quatre chemins. Cela lui avait été dit tout net et noir sur blanc, il ne l'aimait pas et ne l'aimera jamais ! Et ce paquet qu'elle avait apporté ? Qu'était-ce et pourquoi ? Il le défit pour en savoir le contenu, devant Martha dont les yeux s'extasiaient à l'avance. C'était un paquet de lingerie. Il comprenait des dessous pour hommes et pour gamines. Une fragrance enivrante de parfum s'exhalait du paquet et embaumait l'air ambiant. La petite frétillait de joie. Lui était effaré, perdu. Son cœur chavirait, il en perdait le contrôle. Et cette tachycardie qui le reprenait, plus lancinante que jamais ? Il se déchaussa, s'étala sur le canapé et dormit d'un profond sommeil.

Lorsqu'il s'éveilla, le soleil était au firmament. Il vit sur la tablette une enveloppe blanche. Il en fut troublé. Elle n'était pas posée là quand il était rentré. Il appela Martha et lui demanda :

- Et cette enveloppe ? Qui l'a posée ici ?
- C'est la tata. Elle est revenue quand tu dormais. Je n'ai pas voulu te déranger.
- Bonté du ciel ! sacra-t-il.

Il la décacheta. C'était une lettre. Mais il n'eut pas la force de la lire. Il était battu, accablé et vaincu par la tournure des évènements.

Comment était-ce possible qu'une fille déclarât son amour à un inconnu et le harcelât de la sorte, au point de lui faire des étrennes ? Est-ce que l'amour se commandait ? Était-ce même de l'amour ? Il n'y avait donc plus de vergogne, plus de pudeur, plus de respect de soi ? En quel siècle vivait-on et où allait le monde ?

Il en était là, tout à ses soliloques et à ses méditations, lorsque la véranda crissa sous des pas sonores. Une vieille femme entrouvrit les rideaux de la porte centrale, passa la tête et pénétra dans la maison sans crier gare, puis alla s'asseoir près de lui sur le canapé, le visage renfrogné, sans mot dire.

C'était un jour de déveine pour lui, un jour qui pourtant avait commencé sous les auspices les plus enchanteresses.

- Bonjour maman ! Tu es déjà là ? risqua-t-il. Tu as dû partir du village trop tôt.

Elle ne lui répondit pas. À la place, elle brandit sa canne en bois, la pointa sur lui, furibonde, puis elle laissa exploser sa bile :

- Jusqu'à quand vas-tu continuer à courir le cotillon à la recherche de la femme idéale ? Crois-tu que tous les hommes de ton âge qui sont mariés aient pour épouses des femmes idéales ? Voilà Issofa, Yacouba, Malik et Arouna qui sont plus jeunes que toi, qui sont mariés et qui ont déjà chacun deux ou trois enfants ! Crois-tu qu'ils aient attendu de trouver des femmes idéales avant de se marier ? Qu'est-ce que tu as à nous rabâcher les oreilles à ton père et à moi, avec ta théorie de femme idéale ? Qu'est-ce que c'est pour toi que la femme idéale ? Crois-tu seulement qu'elle existe ? Ou bien attends-tu que nous soyons morts avant d'en trouver ?

Soudain, sa grosse voix s'érailla et elle éclata en sanglots. C'était une imposante septuagénaire à la crinière blanche, la figure tatouée et marquée de légers sillons. Elle était dégingandée et quoiqu'elle marchât appuyée sur une canne, elle gardait encore les vestiges d'une force et d'une vigueur que les ans n'avaient pas réussi à endiguer.

Quand elle eut séché ses larmes et qu'elle se fut calmée, Martha qui passait le plus clair de son temps à jouer au « *Game* » sur l'ordinateur de son père, sortit de la chambre à pas feutrés et, toute craintive, vint embrasser sa grand-mère. La mémé la prit dans ses bras, l'installa à califourchon sur ses genoux, puis, d'une voix apaisée, s'adressa à Claude :

- Écoute! Claude, mon fils ! Je vais te dire une chose. Il y a la fille de Wa Yona de Nkoussam, ton élève, que j'aime beaucoup. Je crois que ce serait un bon parti pour toi.
- Qui est-ce, Wa Yona ? demanda Claude, éberlué.

- Le père d'Élise, ton élève, notre voisin au village. Son père et le tien ont veillé jusque tard dans la nuit et ils ont beaucoup parlé de toi. Claude mon fils ! Elle est encore jeune, est issue de bonne famille et elle peut faire ton bonheur !
- Oh oui papa ! renchérit Martha.
- Tais-toi, vermine ! coupa son père, et va dans la chambre !

Mais, comme elle ne bougeait pas, sa grand-mère vint à la rescousse.

- Oui, ma petite chérie ! Vas-y ! Je te rappellerai tout à l'heure. Ah ! La pauvre mignonne.

Lorsque la petite se fut éloignée, la mère et le fils s'entredéchirèrent dans une joute oratoire interminable.

- Maman, attaqua Claude, je ne peux pas prendre cette fille pour épouse pour deux raisons. Elle est trop jeune, trop petite pour moi et elle ne me plaît pas.
- As-tu déjà trouvé celle qui te plaît ? fit sa mère.
- Oui, maman !
- Qui est-ce ? D'où vient-elle et que fait-elle ?
- Elle s'appelle Ornella. C'est la fille de.......
- De Nji Mouanfon de Njilum. Pas vrai ? coupa sa mère, éperdue. C'est bien cela, n'est-ce pas ?
- Oui, fit-il. Tu la connais, maman ? demanda Claude, émerveillé.
- Mais tu parles si je la connais ! Y a-t-il une seule famille ici dans la Cité des Arts et même au-delà dont ton père et moi ne connaissions les racines ?
- Parle-moi donc de cette famille, maman !

- Non ! Mais seulement, sache que cette fille n'est pas bonne pour toi.
- Pourquoi ? s'enquit-il, se prenant la tête entre les mains.

Sa mère souffla profondément avant de lui répondre :
- Elle a passé deux ans dans un ménage et elle a déserté.
- Comment le sais-tu, maman ? s'enquit-il avec empressement.
- Claude, poursuivit sa mère, je suis ta mère ! J'ai soixante-dix ans et je n'ai pas besoin de preuves pour te dire certaines choses. Mais tu vas te fourrer dans un guêpier dont tu ne sortiras pas, crois-moi. Prends Élise pour épouse !
- Jamais ! Entends-tu, maman ? explosa-t-il. Tu me parles de mes cousins qui sont installés au village depuis toujours et qui ont femmes et enfants ! C'est leur problème ! Ils y ont grandi et y ont trouvé chacun sa femme ! Ce sont des femmes de leur choix et non celles que tu ne cesses de m'imposer !

Il ne décolérait pas. Il était lancé et bien résolu à dire son fait à sa mère. Il poursuivit :
- Et puis de cette Élise, parlons- en ! Sais tu que depuis vendredi elle ne me lâche pas d'une semelle, qu'elle m'a déclaré son amour, et qu'elle s'est déjà invitée trois fois ici dont deux aujourd'hui ?

Et tout en parlant, il avait jeté sur la table le paquet et la lettre qu'elle avait apportés. Puis, il poursuivit, le visage empourpré de colère :
- C'est ça, la femme que tu veux m'imposer, maman ? C'est ça, mon bonheur ? C'est ça mon destin ?

- Oui ! s'emporta-t-elle, elle aussi. Puis, elle avait décollé de son siège et une main sur la hanche de son kaba, s'était approchée de lui, et pointait un doigt à lui crever les yeux dans sa figure d'imbécile.
- Oui ! crétin ! Tu épouseras cette fille ou je ne serai plus ta mère ! Tu entends ? Des paquets, j'en offrais à ton père du temps que nous étions jeunes ! Des lettres, je lui en écrivais, pour lui chanter mon amour ! Que de folies n'avons-nous pas faites, ton père et moi avant de nous marier ? Qu'est- ce que tu veux par là insinuer ? La femme idéale, c'est dans les livres et au cinéma qu'on en trouve ! Pas dans la vie ! Alors, fiche-nous la paix, à ton père et à moi, avec tes idées saugrenues de femme idéale dont nul ne sait où tu es allé les dénicher. Tu épouseras cette fille, te dis-je !

Puis, elle se rassit, plongea la main dans la poche de son kaba, en extirpa une noix de cola qu'elle croqua à belles dents, et se mit à mâchonner, tout en dardant sur ce croquignolet de fils un regard dans lequel elle laissait passer tout son venin.

Il y avait de l'électricité dans l'air. Le silence de mort qui à présent planait ajoutait un surplus d'effet à l'atmosphère de psychodrame qui s'était installé dans la pièce. Ils s'affrontèrent du regard un instant, en chiens de faïence, tels deux catcheurs prêts pour un pugilat imminent. Soudain, Claude qui avait le front baissé releva la tête et dit :

- Je me demande d'ailleurs si toute cette histoire n'est pas un scénario grotesque monté de toutes pièces par toi, maman !
- Que veux-tu dire par là ? s'enquit la vieillarde.
- Oui! poursuivit Claude. Je me demande si ce n'est pas toi qui serais en train de fourrer cette fille dans mes pattes depuis deux jours, sinon comment expliquer

autrement l'étrange coïncidence entre ses agaçantes visites ces derniers jours et ta présence ce matin plaidant sa cause ?

Aucune réponse ne lui parvint.Il poussa un cri strident et s'effondra sur le carreau, disant sa détresse et son désespoir. Martha sortit en trombe de sa chambre et accourut au chevet de son père. Sa grand-mère la renvoya à l'aide de sa canne.

Puis, pour détendre l'atmosphère devenue insoutenable, la petite retourna dans la chambre, fit rapidement une omelette garnie sur le four à gaz, en ressortit les mains chargées d'un thermos, de deux pains qu'elle disposa sur la table de la salle à manger, puis, l'on passa à table. La vieille femme mangeait d'un appétit d'oiseau. L'on sentait que le cœur n'y était pas, qu'elle mangeait malgré elle et qu'elle avait encore beaucoup de choses à dire à ce faquin de fils obstiné à la démesure.

Brisant le lourd mutisme qui pesait de plus en plus dans cette atmosphère surchauffée où les nerfs avaient été suffisamment mis à rude épreuve, elle lui parla longuement, en empruntant une voix dans laquelle elle avait mis toute sa maternité et toute sa tendresse :

- Écoute ! Claude ! mon fils bien-aimé ! Ton père et moi t'avons eu sur le tard. J'ai failli succomber à d'atroces souffrances lorsque j'étais en couches de toi. Tu es notre dernier. C'est dire si tu es tout pour nous ! Ton père et moi sommes vieux et nous n'en avons plus pour longtemps. Tu as trente-trois ans et en auras trente-quatre sous peu. À cet âge, tu ne devrais plus entrer à la cuisine. Alors, fils, fais- nous savourer l'ultime bonheur qui nous reste, et auquel ton père et moi avons droit, celui de célébrer ton mariage avec cette brave enfant qui, je suis sûre, te comblera d'amour. Fais ce plaisir à Martha qui déjà aime tant cette fille ! N'est-ce pas, ma mignonne ? avait-elle lancé à l'adresse de la petite, en lui passant les doigts dans ses cheveux châtains.

Lorsque la petite lui eut répondu d'un air complice :
« Oh ! oui, grand-mère ! Je l'aime beaucoup, la tata Élise »,
elle poursuivit :

- De grâce, mon fils ! Offre-nous cette joie ultime ! De grâce ; fils ! Prends-la pour femme et nous te comblerons ton père et moi de toutes nos bénédictions !
- Sinon, maman ? l'interrompit-il, tout en levant sur elle deux yeux embués d'où s'échappaient deux grosses larmes qui coulèrent le long de ses joues.
- Nous mourrons, répondit-elle, ton père et moi avant que tu n'aies fait notre dernière volonté et cela ne te portera pas bonheur, crois-moi, fils !

Puis, elle poursuivit :

- Sèche tes larmes et écoute ! Dis-moi ! Combien d'années te séparent-elles de cette Ornella ?
- Sept ans, maman !
- Et d'Élise ?
- Bon ! Douze !
- C'est elle qu'il te faut! fit-elle, de plus en plus convaincante. Il te faut une femme jeune, plus jeune que toi, fils! Une femme qui soit d'au moins dix ans ta cadette. Écoute ! Sais-tu au moins l'écart d'âge qu'il ya entre ton père et moi ?
- Oui, maman ! répondit-il sans réfléchir. Quinze ans, pas vrai ?
- Exact, fils! Et pourtant, nous avons eu huit enfants dont tu es le rejeton! Réfléchis à tout cela, fils! Et tu ne le regretteras pas, crois-moi!

Puis, elle se leva, fouilla dans son sac à main et tendit à Martha une poignée d'arachides, reprit sa canne et gagna la porte, suivie de la petite et de son père. Elle allait repartir au village, car il n'était pas question pour elle qu'elle manquât le culte qui aurait lieu dans une heure et demie exactement.

Claude, chemin faisant, lui tendit un billet de cinq mille francs, lui souhaita un agréable retour, puis reprit le chemin de la maison, en lui promettant de réfléchir à tout ce qu'ils venaient de se dire.

CHAPITRE V

Claude et Martha dévalaient la pente escarpée qui menait à la maison. Ils marchaient côte à côte, la main dans la main, muets comme des carpes. C'était une ruelle encaissée, au fond d'une vallée ombragée d'arbres sauvages et fruitiers sur lesquels des oiseaux de toute sorte fredonnaient à longueur de journée des airs mirifiques qui donnaient vie et gaieté à cette vaste étendue.

Devant eux, l'horizon s'étalait, plat et morne sous un ciel gris que de gros nuages assombrissaient. Son regard scrutait l'horizon sans fin, à la recherche, il ne savait de quels mânes pour lui venir en aide, pour le délivrer du déchirement profond auquel son esprit et son cœur étaient en proie. L'idée lui vint de s'enfuir, de s'enfuir le plus loin possible, afin d'échapper à cet étouffement, à cette épée de Damoclès qui planait au-dessus de sa tête, prête à s'abattre sur lui, traqué de toutes parts, tel un hors- la- loi.

D'un côté, il y avait son amour qui ne tarissait pas pour Ornella. Elle incarnait ses espoirs et ses rêves de femme idéale. Avec elle, la vie serait la plus belle symphonie d'amour.

Elle était la Thébaïde, le refuge douillet où il se recroquevillerait pour vivre une vie douce et tranquille à jamais.

Et voilà qu'au moment où ce rêve faisait jour, devenait réalité, au moment où il croyait avoir trouvé chaussure à sa pointure, son empêcheuse d'aimer en rond de mère avait surgi, avec la soudaineté d'un tsunami dévastateur et, avec force imprécations à la clé s'il s'obstinait à ne pas se faire à ses idées, lui demandait d'abandonner ce rêve fou de femme idéale.

De l'autre côté, il y avait cette Élise pour qui il n'éprouvait rien, pas même la plus petite once d'amour. Elle n'était pas de son monde. Ils n'avaient et n'auront jamais rien en commun. Pour lui, elle était comme une sœur et rien d'autre. Et d'ailleurs ne disait-on pas que les gens issus d'un même village étaient des frères de sang ! Pourquoi en ferait-on une exception à la règle dans son cas ? Elle était une sœur pour lui et rien de plus. Toutes ses cajoleries, ses mignardises, tous ces appâts dont elle s'armait pour le séduire le laissaient jusque-là de marbre. Et pourtant, elle était là depuis trois jours, à entortiller et à mettre son cœur sens dessus dessous. Et c'était elle qu'on lui demandait d'épouser avec à la clé, une grosse malédiction s'il n'obtempérait pas.

L'amour n'était-il plus ce long fleuve tranquille dans lequel tous les cygnes et toutes les colombes du ciel venaient se mirer ? Que ne pouvait-on faire sa vie avec la femme de son cœur ?

Il en était là lorsque, soudain Martha, soit qu'elle voulût le tirer des mille tourments auxquels elle le savait en proie, soit que son imagination de gamine lui en eût inspiré, se mit à chantonner un air populaire qui venait à point nommé. Il s'agissait d'un chevalier errant, jeune, beau et fougueux, l'âme en peine dont une princesse s'était éprise et pour qui elle se mourait de jour en jour. Mais le jeune dandy qui se pâmait d'amour pour une autre n'en avait cure. Dès lors, la vie du pauvret ne connut plus de répit, tant il était harcelé par sa mère d'abandonner l'élue de son cœur au profit de la princesse. N'en pouvant plus et promis à une malédiction certaine s'il ne se pliait pas, il se rangea du côté de sa mère et connut une ineffable félicité auprès de la princesse.

Lorsqu'elle eut déclamé le dernier vers de cette chansonnette, la petite leva sur son père deux doux yeux pleins de larmes. Un profond accablement se lisait sur son visage.

« Voilà qu'elle s'en mêle elle aussi » ! pensa Claude.

Soudain, il lui demanda à brûle-pourpoint :
- Qu'est-ce qu'elle t'a dit quand elle est venue ?
- Qui, papa ? fit-elle, étourdie.
- La visiteuse de tout à l'heure !
- Ah ! Tata Élise, papa ?
- Comment sais-tu son nom ? s'ahurit-il.
- C'est elle qui me l'a dit. Oh, papa ! Je l'aime beaucoup, lança-t-elle. Elle est belle et douce comme maman. Si seulement elle pouvait venir vivre parmi nous. Comme je serais heureuse toute ma vie.
- Tais-toi ! la tança son père. Un enfant ne parle pas comme ça !

Mais elle s'obstinait et lui lança d'un air de défi :
- Papa ! Fais-la venir à la maison. Qu'elle vienne rester avec nous. Ce sera bien pour toi et pour moi !

Claude était dépassé par cette situation.

« C'en est fait à présent! marmonna-t-il ! Tout est accompli » !

Son cœur à présent chavirait, son rêve de femme idéale s'évanouissait. Qu'allait-il dire à Ornella ? Qu'allait-elle penser de lui, de leur amour, de leurs projets, de leurs châteaux en Espagne ? Pouvait-il être aussi cruel ? Et ces longs baisers qu'ils s'étaient échangés dans la marguerite de leur concession ce matin au quartier Njilum, et qui étaient comme le pacte d'un amour éternel ? Se pouvait-il qu'ils fussent les premiers et les derniers ? Que ne pouvait-on faire sa vie avec l'être aimé, sans que des rabat-joie ne s'en mêlassent et ne vous obligeassent à rallier leur parti ?

Et cette lettre posée là devant lui, sous ses yeux et qu'il n'avait pas lue, quel pouvait bien en être le contenu ? D'abord, l'enveloppe kaki était d'une virginité déconcertante. Du recto au verso, nulle mention de l'expéditeur ni du destinataire n'avait été portée, preuve que la rédactrice ignorait les rouages de l'art épistolaire. Ensuite, venait le papier à lettre, de fort mauvaise qualité. Cela avait été un papier volant, arraché dans du cahier pour écolier. Enfin, tout le *tutti quanti* qui précède la lettre proprement dite manquait. Et maintenant, la lettre elle-même. Elle commençait par :« **mon amoure** », continuait ainsi, « *grande sera ma joi si tu ressoit cette lettre que je t'écris pour te dir combien je t'aime. Je ne dort plus depuis que je t'est connut. Tu apparaît dans mes rêves tout les jours et je ne sesse de pensé à toi. Pourquoi tu me hait ? Quesceque je t'est fais ? Esce je ne suis pas dine d'être ta femme ? Répons moi, pardon, ne me dessoit pas, sinon je vais mourir. J'aimera être la dezième maman de Martha. Je veu être ta femme. Mes parens t'aime bocou. Ton père es l'ami de mon père et ta mèr est l'ami de ma mèr. Unisson nos deux famiyes en devenan mari et femme. Pardon, mon bébé, ne me dessoit pas. Je vai te cherché demain au collège* », et s'achevait par : « *c'est ton amoure NZIE Elise que son cœur battre pour toi* ».

Quand il déposa la lettre sur la table, Claude était abasourdi.

Ainsi donc, c'était plus qu'une simple lettre d'amour, c'était une demande en mariage ! Où avait-on jamais vu ça, le mariage précédant l'amour ? C'était comme qui dit dépecer l'ours avant de l'avoir tué ou encore faire une omelette sans casser d'œuf. Cette pauvrette savait-elle seulement de quoi elle parlait ? Comment pouvait-elle feindre d'ignorer que le mariage est un très long processus avec ses rouages et ses exigences et dont il ne faut brûler aucune étape ?

En premier lieu, il y a la rencontre : dans la tradition du terroir, il est établi et connu de tous que c'est l'homme qui va vers la femme de son choix et non le contraire. De mémoire d'homme, jamais cela ne s'est vu autrement que comme cela. Une fois la rencontre faite et le contact noué, les deux tourtereaux s'observent et s'étudient afin de mieux se connaître. En deuxième lieu vient l'heure de vérité qui scelle le pacte d'amour. C'est une étape très délicate et qui demande beaucoup de finesse et de raffinements d'idées. Ces vérités doivent être sincères honnêtes, dénuées de toute fourberie et de tout mensonge. Ils doivent tout se dire, ne rien laisser au hasard, ni par mégarde ni par inadvertance. Ils se découvrent dans leurs vices les plus abjects ou les plus vils, dans leurs crimes les plus odieux, dans leurs bassesses les plus immondes. Ils se remettent de tout, font table rase du passé et se projettent dans un lendemain radieux. S'ensuit la période des visites clandestines qu'ils se rendent l'un à l'autre. Chacun entre en contact avec sa future belle-famille, fait la connaissance des membres, suscite leur sympathie, éprouve leurs sentiments à son égard. Puis vient la lettre des fiançailles que le garçon adresse et fait parvenir à ses futurs beaux-parents par l'intermédiaire des siens. C'est une lettre par laquelle il sort de la clandestinité et rend leur amour quasi officiel. L'accusé de réception, lorsqu'il est favorable, fait désormais du couple des fiancés. L'on observe alors une période d'hibernation plus ou moins longue. C'est la période pendant laquelle les fiancés redoublent d'attention vis-à-vis d'eux ou l'un vis-à-vis de l'autre. Chacun cadavérise au plus profond de soi, ses vices ou ses travers les plus ignominieux et apparaît sous les dehors les plus vertueux qui soient. À partir de ce moment, on ne s'appartient plus, la société vous regarde, vous observe, vous épie, peut rendre compte à qui de droit de vos plus petits écarts de conduite et votre amour est par conséquent susceptible de s'en aller en eau de boudin. Puis vient une étape qui n'est pas des moins importantes : la visite de courtoisie que la famille du garçon rend à sa belle-famille pour lui offrir le premier vin. Au cours de cette visite, un échéancier de la célébration du mariage est proposé à la belle-famille, échéancier qui planifie chaque étape. Et l'homme est dès lors libre d'emmener ou non sa future épouse avec lui. Pour commencer une vie de couple.

Et quand l'échéance est venue, un acte de mariage dûment signé par un officier d'état civil est remis à chacun des mariés. Ils sont désormais unis pour le meilleur et pour le pire aux yeux de la loi. Ensuite vient la dot qui est la célébration traditionnelle du mariage. Ils reçoivent enfin la bénédiction nuptiale à l'église ou dans une cathédrale selon qu'ils sont d'obédience protestante, catholique ou autre. C'est le symbole de leur union devant Dieu. Ce canevas est susceptible de toute modification et permet d'éviter toute navigation à vue.

Comment cette bougresse pouvait-elle feindre d'ignorer tout cela, elle dont on disait des parents et des oncles qu'ils étaient les pontes, les dépositaires, les faiseurs et les défaiseurs de la tradition du terroir, eux qu'on sollicitait partout pour présider telle ou telle cérémonie traditionnelle, eux qui avaient donné presque tous leurs filles et leurs fils en mariage, eux qui étaient très regardants sur le choix de leurs gendres et de leurs brus ? Et elle qui était née et avait grandi là, entre la Cité des Arts et son Nkoussam natal, que n'avait-elle vu ? Que n'avait-elle appris ? Et cette lettre qu'elle lui avait écrite, que d'étapes ne venait-elle de brûler ? Pour qui le prenait-elle ? Pour le dernier des demeurés ?

Soudain, le coucou pendu au mur retentit d'un coup et le tira brutalement de la profonde réflexion dans laquelle il était plongé. Puis trois autres coups sonnèrent, il était quatre heures de l'après-midi et le culte allait avoir lieu dans une heure. Il entra sous la douche, prit un bon bain et lorsqu'il apparut au salon, il était sanglé dans un costume trois -pièces qui sentait son bon faiseur. Il ressemblait à un pasteur méthodiste. Il prit sur la commode une grosse bible, embrassa Martha et gagna la porte, en lui recommandant de prendre soin d'elle.

CHAPITRE VI

Deux heures plus tard, Claude s'en retournait chez lui, en chantonnant un vieux cantique entonné tout à l'heure à l'église. Il avait l'air plus radieux et paraissait d'une bonne pâte. Le pasteur avait été expéditif pour une fois. Son sermon avait porté sur l'amour du prochain et sur le bonheur conjugal. Claude en avait été ébranlé. L'homme de Dieu avait prêché à une foule de trois cents fidèles, fustigeant les hommes qui se mariaient sur le tard, et Claude avait eu la nette impression que ce sermon lui était tout destiné.

Du promontoire, il vit du linge qui pendait sur le séchoir. C'étaient ses vêtements. Ses sourcils se froncèrent.Jamais Martha ne faisait sa lessive. Il y avait un blanchisseur qui passait deux fois par semaine. Elle l'aperçut qui dévalait le tertre et courut à sa rencontre. Elle était gaie comme une luronne.

- Papa ! fit-elle, lorsqu'elle fut à deux mètres de lui, Tata Elise est venue. Puis, elle lui prit la Bible et le paquet de victuailles des mains, et regagna la maison au pas de course.

Un air de propreté inhabituel régnait dans la concession. La cour que jonchaient les feuilles mortes avait été balayée avec grand soin et les herbes alentour méticuleusement arrachées.

Elle se tenait sur le seuil de la porte, les bras en croix, telle une femme de maison attendant impatiemment le retour de son homme et prête à lui sauter à la gorge, toutes griffes dehors, pour avoir traîné. Quand elle le vit apparaître, son visage esquissa un léger sourire qui fit plisser les commissures de ses lèvres. Elle le regardait approcher, avec de petits yeux pleins d'appréhension. Le visage de Claude, quant à lui, était d'une impassibilité de pierre. À deux pas d'elle, il s'arrêta, opina de la tête et lui adressa un pauvre sourire. Il était mi-figue, mi-raisin. Puis soudain, il lui demanda :

- C'est toi qui as lavé tout ceci ?
- Oui, chéri ! fit-elle, avec de petits yeux apeurés.
- Comment es-tu entrée ? demanda-t-il ?
- C'est Martha qui a ouvert, répondit-elle.

Il parlait de la chambre. Tout avait été lavé, essuyé, classé et étiqueté avec minutie. De la chambre au salon, tout brillait, tout luisait. Martha exultait de joie. On la sentait épanouie. Une délectation infinie se lisait sur toute sa frêle figure. Elle avait tant souhaité que cette brave tata ne rentrât plus, que l'on s'installât là, définitivement et qu'ils menassent tous les trois une vie tranquille et pépère.

Sur le four deux cocottes bouillaient. Une forte odeur d'arômes et d'épices embaumait la maison. Décidément, elle usait de tous les artifices et de toutes les ruses dont les femmes sont infuses pour s'affirmer, le conquérir, lui appartenir. De temps en temps, elle lui lançait un regard plein de douceur et lui, plus par dépit que par amour, lui rendait son sourire, un sourire qui disait le profond accablement auquel il était en proie.

Le couvert fut disposé et recouvert d'une grande nappe blanche, comme à un banquet. C'était inaccoutumé. Martha était émue de joie. Elle ne quittait pas cette jeune femme des yeux, une femme pour qui elle était béate d'admiration et qu'elle appelait déjà maman, au grand dam de son père.

Puis, l'on s'attabla. C'était du couscous, un plat du terroir. Il était accompagné de légumes et du rôti de bœuf. Il mangeait la tête plongée dans son plat, sans parler, tandis que la petite mordait d'un si gros appétit dans le gigot posé dans son assiette, ne tarissant pas d'éloges pour la qualité du repas qu'elle disait exquis. Son regard allait de cette femme à son père. Elle le sentait dubitatif. Il lui paraissait triste et pensif.

Et elle était là, assise à l'autre bout de table, la mine réjouie, zieutant cet homme qui consentait enfin à lui ouvrir toutes grandes les portes de son cœur et de sa maison.

Quand ils eurent fini de manger, elle débarrassa la table et la petite s'en fut dans sa chambre, après avoir dit « merci maman » à cette femme en même temps qu'elle lui adressait un sourire complice. Son père avait toujours tenu à ce qu'elle s'étalât et prît sa sieste au sortir de table. Il alluma le poste de télévision et se coucha sur le divan. Son esprit tiltait. Ainsi donc, une complicité tacite se nouait entre sa fille et cette femme qu'elle appelait déjà maman ! Elle était gaie et paraissait plus épanouie à chaque fois qu'il la regardait.

Qu'allait-il faire ? Qu'allait dire Ornella ? Pour qui le prendrait-elle ? Pour un scélérat ? Fallait-il aimer par procuration, aimer cette fille pour l'amour et le bonheur de la petite ? C'eût été tricher avec soi, transgresser ses principes, trahir ses nobles idéaux. Et puis, est-ce que l'amour s'essaie, se goûte à la manière dont on goûte un vin ou un repas avant de le prendre ? Il vient ou il ne vient pas ! Et quand il est venu, quand Cupidon, de sa flèche vous a transpercé le cœur, impossible de vous en défaire aussi facilement.

Il devenait dubitatif, indécis. Il était dans un cul-de-sac. Il n'était plus maître de lui, il semblait avoir perdu le contrôle. Tout se brouillait dans ses pensées, tout se confondait dans sa tête. Pour être traqué, il l'était vraiment. Tout son être ne lui appartenait plus. Il était au creux de l'abîme. Il allait offrir malgré lui un amour qu'il ne voulait pas, il était aimé et il n'aimait pas. Mais il lui fallait faire des concessions, aimer cette femme pour l'amour de la petite. Il ne voulait pas qu'elle en fût affectée ni qu'elle en souffrît.

Tel était l'état d'esprit dans lequel il était prostré, lorsque la visiteuse, sortie de la cuisine où elle récurait la verroterie et lavait la vaisselle, était revenue au salon et avait pris place auprès de lui.

- Quelque chose ne va pas, chéri ? lui demanda-t-elle, troublée par son profond mutisme.
- Ne prononce plus jamais ce mot dans cette maison ! lui répondit-il sur un ton comminatoire. Puis il poursuivit : Ma fille n'a que huit ans et je voudrais en faire une fille bien élevée. Et puis qu'est-ce que tu veux qu'il aille ? Tu t'ingères dans ma vie, tu envahis ma maison, tu me pourris l'existence et tu me demandes si ça ne va pas ? Oui, très chère, à te dire vrai, ça ne va vraiment pas ! Laisse-moi le temps de réfléchir à cette situation. Finissons avec les examens et on en reparlera plus tard.

Puis, il se leva d'un bond et s'en fut dans la chambre en marmonnant. Lorsqu'il en ressortit, il avait le poing serré. Il sortit sous la véranda et incendia une cigarette. Un vent douillet soufflait. La nuit était quasi complète. Le temps s'était radouci. Il revint au salon. Élise était assise, la tête tournée vers le poste de télévision. C'était un feuilleton d'amour. Soudain, il lui dit :

- Bon ! On y va ? Je te raccompagne.

Elle attendit encore quelques instants. Elle paraissait concentrée. Le feuilleton prit fin. Elle se leva, entra dans la chambre de Martha. Elle dormait à poings fermés. Elle récupéra son sac à main, et ils prirent la route. Soudain, il lui dit :

- Merci.
- Pour quoi ? demanda-t-elle, surprise.

- Pour le repas ! C'était bien fait.
- De rien ! répliqua-t-elle. Et merci aussi.

Ils marchaient en dévidant. Il paraissait moins nerveux que le premier jour où il l'avait accompagnée. Un air de gaieté flottait à présent sur son visage. L'atmosphère était plus détendue. Les oiseaux s'en allaient dans un grand battement d'ailes et rejoignaient leurs nids en émettant des cui-cui stridents. Il desserra le poing et lui tendit un billet, tout en la remerciant pour son repas et en lui promettant de réfléchir par rapport à la lettre qu'elle lui avait écrite. Puis, il rebroussa chemin.

CHAPITRE VII

Le lendemain matin, Claude ne se réveilla pas de bonne heure, comme à l'accoutumée. Il avait dormi d'un sommeil de loir. On était lundi et c'était jour de repos pour lui. La journée du dimanche avait été longue, très chargée et la nuit quiète et emplie de mille et un rêves. Ce fut la petite qui, très surprise que son père fît la grasse matinée pour une des rares fois, vint frapper à la porte de sa chambre. Elle entra et vint se coucher près de lui.

- Bonjour ! papa ! lui lança-t-elle. Pourquoi ce gros sommeil ? demanda-t-elle de sa voix fluette.
- Bonjour ! grand-mère ! lui répondit-il.

Il l'avait surnommée ainsi, en souvenir de sa grand-mère à lui, morte depuis des lustres. Puis, il lui demanda, en s'étirant et en bâillant :

- Quelle heure est-il déjà ?
- Huit heures, papa !
- Par la barbichette de mon grand-père, sacra-t-il d'une voix éraillée. En voilà des façons de vaurien !

Il pluviotait. Une grosse brume avait enfumé l'atmosphère et pénétrait par les stores de la fenêtre.

- Tu ne vas pas au travail aujourd'hui, papa ? lui demanda-t-elle soudain.

Bien sûr que si, grand-mère ! Mais pas maintenant, répondit-il.

Puis sans qu'il s'y attendît le moins, la petite prit un air craintif et lui dit :
- Papa, je veux te dire une chose, mais ne t'emporte pas ! Tu me le promets ?

Claude avait deviné ses intentions.
- Oui ! fit-il ! Vas-y, je t'écoute !
- Papa ! poursuivit-elle. C'est pour tata Élise. Je l'aime beaucoup ! Je l'aime comme tu ne peux pas savoir ! Je l'adore, papa ! J'ai rêvé cette nuit. J'étais avec elle et nous marchions la main dans la main! Papa, fais- la venir ici pour vivre avec nous ! J'en serai très heureuse et toi aussi, papa ! Pardon, papa !

Il ne lui répondit pas. Il ne la regardait même pas. Il avait les yeux fixés au plafond. Il avait eu au courant de la nuit un long entretien téléphonique avec son père. Il le sommait de venir de toute urgence. Le débat avait été houleux. Tous s'acharnaient sur lui, lui empoisonnaient la vie, lui promettaient mille malheurs s'il s'obstinait à ne pas prendre cette fille pour femme. Et voilà que la petite était couchée là, près de lui, enfonçant le clou, elle aussi.

Comme il tardait à lui répondre, elle enfouit la tête sous les draps, lui tourna le dos et éclata en sanglots.
- Écoute, Martha ! lui dit-il pour la calmer, je t'ai comprise ! Mais je dois réfléchir ! C'est une brave femme, la tata Élise ! Mais ce n'est pas aussi facile que tu le crois, de la faire venir vivre avec nous. Il faudra du temps ! Il faut se préparer pour l'accueillir. Ne pleure plus ! Je t'ai comprise et je vais réfléchir à tout cela. Est-ce que tu as compris ?
- Oui, papa ! fit-elle d'une voix pleurnicharde, puis elle se tassa, se leva et fila dans sa chambre, revint dans la chambre paternelle, tenant dans la main une robette

blanche fleurie, une paire de babouches roses et un foulard bleu qu'elle lui tendit en disant :

- C'est elle qui m'a apporté ça, papa ! Son visage étincelait de joie.

Ainsi donc, elle achetait l'amour de la petite à prix d'or. Des dessous avant-hier, et tout ceci, maintenant. Décidément, elle avait de la suite dans les idées et ne manquait pas de toupet.

« Comme les appâts de l'amour sont intarissables », pensa Claude.

Soudain, le téléphone sonna. C'était son père. Il décrocha. Il était bouillant de colère.

- Je t'ai demandé d'être ici au village dès le premier chant du coq ! Pendant combien de temps vais-je continuer à t'attendre ?
- Oh, père ! répondit-il, dépité, j'arriverai dans une heure. Il y a eu un fâcheux contretemps. Puis, il raccrocha. Il n'aimait pas à être sermonné devant la petite.

Il prit un bain à la va-vite, se vêtit, croqua le bout de pain beurré posé sur la table de la salle à manger, embrassa Martha et tel un dératé, sortit de la maison et entreprit de gravir la collinette qui conduisait à la gare routière.

Une heure plus tard, il arrivait à Nkoussam et embrassait son père. Celui-ci avait une mine patibulaire et dardait sur lui de gros yeux exorbités. Il l'accueillit avec une froideur de métal, assis sur un banc taillé dans du bois grossier et engoncé dans une tunique gris sale.

C'était un octogénaire révolu à tête de cerbère, au corps étriqué et avachi par le poids des années. Une forte alopécie faisait luire son crâne. On ne voyait de son visage parcheminé que deux gros yeux qui saillaient de leurs orbites et qu'une paire de lunettes à montures grossières faisait briller comme le soleil au zénith.

Le bon vieux Njikam était un patriarche révéré, très digne et qui incarnait l'histoire du terroir. C'était un abreuvoir auprès duquel jeunes et vieux venaient étancher leur soif de connaître, d'apprendre, de se corriger, de se parfaire. Il jouissait d'une vénération incommensurable. Aussi, était-il inflexible et incorruptible quant au choix de ses brus. Il tenait à ce que ses fils n'entachassent pas sa mémoire ni ne jetassent le discrédit ou le déshonneur sur sa lignée, en prenant pour épouses des filles dont il ignorait la descendance.

Quand il l'avait appelé tout à l'heure au téléphone, ce qui était très inhabituel, Claude avait tout de suite compris au timbre de sa voix que son père ne lui jetterait pas des fleurs, que c'était pour mettre les points sur les i. Aussi s'était-il empressé d'arriver, sous peine d'encourir les foudres de la colère d'un père extrêmement fougueux et enclin même à la rixe s'il le fallait.

- Assieds-toi là ! lui ordonna-t-il, en désignant un tabouret posé à deux mètres de lui. Le malheureux s'y laissa choir, s'attendant au pire.

Puis d'un ton *ex cathedra*, le vieillard prit la parole, l'enflamma d'un long discours émaillé de dictons et de paraboles, avec force gesticulations à lui flanquer son poing sur sa figure s'il ne s'alignait pas.

- De mémoire d'homme, poursuivit-il, jamais on n'a vu des oreilles plus longues que la tête. Je suis ton père, je suis moribond et durant le cours de ma vie, j'ai célébré des mille et des cents de mariages de tous les horizons. Et s'il y a un dernier mariage à célébrer avant que je ne m'en aille, ce sera le tien. Et tu dois épouser au plus vite cette fille que ta mère et moi t'avons désignée ou bien ce sera ta parole contre la nôtre.

Puis, il se tut, pris d'une grosse quinte de toux qui faisait bomber sa poitrine. Il se fit apporter de la cuisine un verre d'eau et après qu'il en eut ingurgité une bonne rasade et que sa toux se fut calmée, il continua, trépignant de colère, sa grosse canne pointée sur Claude.

- Arrête de nous bourrer le crâne avec tes idées stupides de femme idéale. Il n'y a pas de femme idéale ! La femme idéale, c'est ce qu'on en fait. Tu dois épouser cette fille de gré ou de force ! glapit-il.

Ces paroles avaient retenti pour Claude comme l'avant-goût de la malédiction. Il avait le souffle coupé et n'osait placer un mot.

- Sara ! hurla le vieillard.

- Nganju !lui répondit une grosse voix de femme depuis la cuisine, puis elle s'amena, fit une courte révérence et prit place à distance respectueuse de son mari. C'était la coutume. Jamais, les femmes ne s'asseyaient aux côtés des hommes et on ne les voyait que lorsqu'elles y avaient été conviées.

- J'ai fait venir Claude, expliqua le vieillard, pour régler la question du mariage entre lui et la fille de Wa Yona. Je crois lui avoir tout dit et j'espère que tu partages pleinement mon avis.

- Et comment ! Nganju ! renchérit-elle. Il sait qu'il est dans son intérêt et dans le nôtre d'épouser cette fille !

- Bon ! coupa-t-il, il reste à présent à régler le problème de la première phase du mariage. Je pense qu'il est urgent que nous le réglions le plus promptement possible afin de hâter leur vie de couple.

- Mais Nji ! s'interféra Claude en prenant la parole pour la première fois. Malgré le respect que je vous dois, je me permettrai tout de même de vous dire une chose que

j'estime être de la plus haute importance dans cette affaire.
- Laquelle ? demanda-t-il, un peu contrarié.
- Je suis d'accord avec vous. Mais, nous nous connaissons à peine, cette fille et moi : donnez-nous du temps pour mieux nous connaître avant d'engager quoi que ce soit.
- Assez ! gros couillon ! hurla son père de rage. Il n'y a pas de temps qui tienne ! Tu dois sous peu entrer dans ta trente- quatrième année et tu prétends qu'il faille encore te laisser du temps pour mieux connaître une fille qui est née entre nos mains, une fille que nous avons vue grandir et dont nous connaissons la vie mieux que toi, avant de consentir à l'épouser ? Sais-tu combien de gosses, j'avais à ton âge ? Puis sans attendre qu'il lui répondît, il lui hurla : trois, vermine !
- Mais père, les temps ont changé, se permit-il. De votre temps, il n'y avait pas toutes ces difficultés que nous jeunes, éprouvons aujourd'hui. Les femmes d'antan étaient honnêtes, sincères, laborieuses, celles d'aujourd'hui sont espiègles, vagabondes et mesquines. Et puis, il y a autre chose que vous ne devez perdre de vue sous aucun prétexte ! Le mal du siècle, vous l'avez oublié ? Pointez-moi du doigt une seule concession dans ce village qui n'ait pas eu son lot de morts du SIDA. Non, père ! À vrai dire, les choses ont changé. Reconnaissez-le !

Puis, il s'était tu, content d'avoir marqué là un point essentiel.
- Que veux-tu insinuer par là ? Que tu ne te marieras donc jamais ? reprit le patriarche.

- Non père ! Mais il faut du temps pour se connaître comme je viens de vous dire tantôt. Le mariage de nos jours n'est plus une course de vitesse. C'est…
- Trêve de parlotte! moustique ! Allez faire le dépistage et apportez-moi les résultats dans les jours qui viennent, puis nous verrons ensuite. Puis, il s'était levé, mettant ainsi fin à cet entretien

Cela lui avait été dit sans autre forme de procès, Claude épouserait cette fille où il encourait la malédiction. La coupe était pleine, il fallait la boire jusqu'à la lie. Il allait faire son deuil d'Ornella, la tuer dans son cœur, à tout jamais. C'en était fait de son rêve de femme idéale. Ornella était morte, vive Élise.

CHAPITRE VIII

Claude retourna chez lui, Rue des Palmiers à la nuit tombante, assommé de fatigue, le corps tout esquinté. En trois jours, il n'avait pas roupillé dix heures. Cela n'avait été que des nuits blanches passées à réfléchir à se rompre la cervelle. Il prit un léger repas, avala deux sédatifs, puis se dirigea dans sa chambre où il se jeta dans son lit, tout vêtu, après avoir recommandé à Martha de ne le réveiller sous aucun prétexte.

Quand il se réveilla à l'aube, il avait encore l'esprit en compote. Un léger étourdissement le prit, de sorte qu'il eut de la peine à se tenir debout. Il émit un long bâillement en s'étirant. Ses os craquaient de partout. Mais il avait fait le vide dans sa tête. Il n'était plus l'obsédé fou furieux ni le fougueux amoureux qu'il avait été d'Ornella durant trois mois.

Il enfila son jogging et ses baskets, sortit à petites foulées de la maison et arpenta la colline à la vitesse d'un cheval au galop. Quand il eut gravi et dévalé cette pente à plusieurs reprises, il entreprit d'effectuer des exercices physiques. Il avait toujours loué les bienfaits de la pratique du sport dont il aimait à dire qu'il éloigne de nous toutes sortes de pathologies : le stress, l'obésité, l'amertume, les maladies cardiovasculaires et bien d'autres, et nous procure un bonheur insatiable. Ainsi décarcassé, il se coula sous la douche, prit un bon bain, se vêtit et s'attabla autour du petit-déjeuner que Martha avait apprêté avec un soin méticuleux. Il mangeait avec appétit et souriait à la petite installée en face de lui. Soudain, elle lui dit :

- Papa, je suis contente, très contente !
- De quoi ? lui demanda-t-il.
- Parce que tu m'as l'air très en forme, ce matin. Oh ! Mon bon père, comme j'aime te voir content ! Je t'aime papa !
- Moi aussi, je t'aime, ma puce ! dit-il.

Et tous deux émirent de petits ricanements de joie. Martha faisait le bonheur de Claude et il le lui rendait si bien. Il se leva de table, prit la mallette posée sur la commode, embrassa la petite qui la lui arracha aussitôt des mains, l'accrocha en bandoulière sur ses épaules, le prit par la main et décida de l'accompagner. C'était une manie qu'elle avait de cheminer avec son petit père, à chaque fois qu'elle le sentait heureux, pour lui témoigner son profond attachement. Un amour de petite fille ! Chemin faisant, elle lui demanda :

- Papa, si tata venait pendant ton absence ?
- Ben ! C'est qu'elle est venue ! Et pourquoi tu me demandes cela ?
- J'aime la voir, papa. Je l'aime.
- C'est bien ! répliqua-t-il. Puis brusquement, il lui ordonna de rentrer à la maison et de prendre garde à elle.
- D'accord papa ! lui répondit-elle en lui faisant une petite tape dans le dos.

Puis, ils se séparèrent. Le temps s'était embelli. Un vent suave soufflait sur la plaine, charriant les senteurs enivrantes des fleurs écloses qui lui chatouillaient les narines et lui donnaient du baume au cœur. Tout en marchant, il passait en revue la scène qu'il avait eue hier avec ses parents. Décidément, il n'y avait rien à faire ! Il était coincé. Nul recours ni secours, il fallait obtempérer. Il n'avait pas le choix. Son amour pour Ornella s'envolait. Il éprouvait un gros pincement au cœur.

Il décida de tout lui expliquer, de peur de paraître une canaille. Il lui dirait que ce n'était pas sa faute, que ses parents l'obligeaient à convoler en justes noces avec une fille du terroir qu'il n'aimait pas, sous peine de malédiction.

Maintenant, il allait apprendre à aimer Élise, d'un amour forcé, imposé, recommandé. Ses parents avaient-ils seulement conscience de ce que cet état de choses pouvait avoir de si compromettant, de si contradictoire et de si conséquent ? Aimer sans être aimé, jouer à aimer, feindre d'aimer, aimer à contrecœur, malgré soi ?

Il en avait le cœur triste. Tout lui paraissait emmitouflé sous un jour noir qui régnait sur les êtres et les choses.

Il revoyait Ornella sous les marguerites de leur concession familiale, vêtue à l'orientale d'un pagne à la diaprure flamboyante, grande, belle, suave, d'une pureté de l'azur. Il l'entendait qui lui susurrait son amour, qui lui promettait d'être toute à lui, pour toujours et de faire son bonheur à tout jamais. Maintenant, on lui demandait de faire son deuil, de la tuer dans son cœur. Une profonde mélancolie lui vint au cœur au moment où il allait prendre le taxi pour le collège !

CHAPITRE IX

Trois semaines s'étaient écoulées depuis que Claude et Élise s'étaient rencontrés pour la première fois. Trois semaines au cours desquelles ses visites et ses initiatives pour le conquérir avaient décuplé, au grand bonheur de Martha. Ornella n'était plus qu'un lointain souvenir, quoique son oubli d'elle n'eût pas été une sinécure. Les réminiscences de l'amour qu'ils avaient éprouvé l'un pour l'autre avaient laissé de profonds stigmates dans le cœur de Claude.

Mais en même temps, il n'était plus le même. Ses cogitations se raréfiaient, les traits de son visage se durcissaient de moins en moins, il ne scrutait plus l'horizon d'un air pensif. Il était devenu plus stoïque et plus serein. Il semblait avoir pris son parti et il apprenait à aimer Élise. Il avait même des soupçons d'amour pour elle. Il lui souriait d'un large sourire, lui parlait plus tendrement, lui expliquait des choses qu'elle ignorait. Il consentait même enfin à rendre visite à ses parents. Cette visite qu'elle avait tant souhaitée qu'il leur rendît et que toujours il renvoyait aux calendes grecques, il la leur rendrait enfin aujourd'hui.

Lorsqu'il était arrivé, tout avait été préparé dans les règles de l'art de l'hospitalité, pour lui réserver un accueil digne du futur gendre qu'il était et par lequel ils le reconnaissaient déjà.

D'abord la rencontre avec son beau-père : elle avait été très chaleureuse et empreinte d'une convivialité que le jeune homme avait jugée excessive et fort imprudente. Il l'avait accueilli à bras ouverts, comme s'il avait été le gendre prodige, une providence que le ciel lui envoyait. Il l'avait serré fort dans ses bras, comme s'ils se connaissaient depuis, comme deux amis qui se retrouvaient après une longue séparation.

Ensuite la conversation : elle avait été longue et fort harassante. L'hôte n'avait pas tari de louanges sur l'étrange ressemblance entre le visiteur et son père.

Puis il avait embouché les trompettes de la renommée, se jactant d'être celui-là qui, jadis, alla en personne à la recherche de la mère de Claude, la fiança et la maria à son père, pourvoyant aux besoins du modeste ménage dans les moments de disette, et faisant des pieds et des mains pour qu'ils vécussent dans l'allégresse et ne manquassent jamais de rien.

Le jeune homme était resté dans une attitude de profonde perplexité pendant tout le temps où son hôte pérorait. Assis dans un fauteuil taillé dans du bois rudimentaire, les bras croisés, ses yeux erraient dans cette maison aux murs tapissés de gravures et de portraits de toute sorte et revenaient de temps en temps sur le vieillard qu'il contemplait étrangement. Il paraissait plus jeune que son père, quoiqu'ils eussent le même âge. Il était de courte taille, les cheveux ébouriffés et blanchis par l'âge. Le haut du crâne dégarni, la figure plate, une barbe grise et fournie qui embroussaillait son menton, vêtu d'une ample tunique blanche à longues manches, tout cela lui donnait l'apparence de ces êtres prophétiques issus des Saintes Écritures. Il était de ces vieillards dont on dit quand on les a aperçus ou entendus parler : voilà un homme de Dieu.

Puis, l'hôte s'était dirigé vers une armoire, avait pris une carafe de vin de palme, avait empli deux verres et tous deux s'étaient mis à boire en dévidant.

- Mandou ! avait-il appelé soudain.

- Nganju! lui avait répondu une voix de femme. C'était la maîtresse des lieux.

Puis, elle sortit de la chambre et vint donner l'accolade au jeune homme. Ce fut au tour des frères et des sœurs d'Élise qui sortirent un à un de leurs chambres pour accueillir ce digne invité. Claude fut frappé de stupéfaction par l'homogénéité de la taille des membres de toute la famille. C'étaient des personnes de très courte taille, aux têtes simiesques et aux jambes légèrement arquées, comme si un gène héréditaire leur eût transmis cette morphologie de père en fils et de mère en fille. La belle-mère alla aux nouvelles, s'enquit de la santé des parents de l'invité, dont on lui avait dit que tous deux souffraient et étaient terrassés par un rhumatisme lancinant.

Puis les amphitryons et le convive s'attablèrent autour des bols fumants et furent servis par Élise qui lui coulait de temps à autre un regard énamouré dans lequel se lisait toute sa joie.

- Tu n'as pas très bon appétit, fils! avait lancé le père soudain. En effet, il avait dû constater que son « gendre » ne mangeait presque pas. Il éprouvait même de la gêne à mâcher et à ingurgiter les boulettes de couscous, à force d'être épié et admiré par tous ces regards qui étaient restés braqués sur lui au cours du repas, et qui suivaient les va- et- vient de sa main du plat jusqu'à la bouche.

- Hélas ! Oui, père! avait-il répondu. C'est que j'ai mangé tout à l'heure avant de venir.

Il mentait. Une espèce de pudeur, d'inappétence et de contenance, preuve irréfutable du savoir-vivre pour qui va pour la première fois dans sa future belle-famille dans les coutumes du terroir, lui interdisait de manger gloutonnement devant tous ces gens.

Enfin vint l'heure de la séparation. Le *pater familias* réunit autour du jeune homme tout ce qui restait de sa maisonnée : sa femme et lui, Joseph et Elias ses fils aînés, Élisabeth et Déborah, les sœurs germaines d'Élise, et Élise elle-même, la puînée de tous et à l'honneur ce jour-là, puis dans une prière qui avait été interminable, il glorifia le Très-Haut de l'avoir honoré de la visite de celui qu'il appelait déjà son beau-fils, en même temps qu'il lui demandait de faire descendre son infinie miséricorde ainsi que son intarissable bonté sur ce ménage qui était en passe d'être fondé et dont il s'apprêtait à bénir l'union.

Et dans une longue procession, dont le scénario semblait avoir été méticuleusement préparé bien longtemps à l'avance, toute la famille, les beaux-parents en tête, les beaux-frères et belles-sœurs au milieu et le couple à la queue, sortit en file indienne et s'arrêta sous la véranda de la concession. Le père une fois de plus donna l'accolade à son gendre, l'étreignit longuement en lui disant qu'il ne le considérait pas comme son beau-fils, mais plutôt comme son fils à part entière et que les portes de sa maison lui étaient désormais grandes ouvertes et qu'il y avait dorénavant ses entrées et ses sorties et *patati et patata*. Et pour boucler la boucle, il fit ce à quoi le jeune homme ne se serait jamais attendu et qui, de mémoire d'homme, ne s'était jamais fait auparavant. Il ordonna à sa fille à haute et intelligible voix d'aller accompagner « son mari ».

Claude, pour la première fois depuis qu'il était entré chez ce vieillard, se retourna vers lui et défia son regard, dardant sur lui des yeux ébaubis et effarés. Mais « sa fiancée » ne lui en laissa pas le loisir ; elle se pendit aussitôt à ses épaules, le prit par la main et le tira vers la route, sous les yeux de la famille dont les frères et sœurs restés immobiles sous l'auvent de la véranda goguenardaient le bonheur en même temps qu'ils riaient sous cape.

- Mon chéri ! dit-elle soudain, lorsqu'ils furent hors de portée de tous ces regards qui n'avaient pas cessé de les dévorer, tu es content, n'est-ce pas ?
- De quoi ? lui demanda-t-il, les yeux perdus dans l'horizon.
- Mais de l'accueil, mon chéri ! répondit-elle, un peu navrée par cette question.
- Oui ! lâche-moi ! fit-il brutalement, tout en retirant sa main de la sienne.

La jeune fille se figea sur le trottoir, marqua deux pas à reculons et lui demanda, rouge de stupeur.

- Qu'est-ce qui ne va pas, Claude ?
- Non ! Rien ! Ça va ! répondit-il à demi-mot.

Claude ne comprenait rien. Cela avait été trop facile, d'une facilité déconcertante pour faire vrai. Il héla un taxi, dit au revoir à Élise à la volée, s'y engouffra et se laissa voiturer jusqu'au centre-ville. Il pénétra dans un snack-bar, commanda une bière qu'il but à la trompette, se fit apporter une deuxième qu'il vida d'une même traite, à la stupéfaction de la serveuse qui connaissait ses habitudes. Un client si réservé d'ordinaire qui buvait sa bière à petits coups, le caquet toujours rabattu, très peu disposé à tailler une bavette. Mais là, il s'enhardissait, se parlait à lui-même, opinait de la tête, partait d'un fou rire, frappait du poing sur la table, comme pris de vin.

- Comment est-ce possible ! s'élança-t-il dans un furieux soliloque, un père qui brade sa fille à l'encan, la poussant dans les bras de la première fripouille venue sans bourse délier ? Où avait-on jamais vu ça ? Comment ! Pas la plus petite anicroche !Pas la moindre méfiance !Pas le moindre doute ! Pas la plus petite enquête de moralité comme il est d'usage ! Mais à la place une confiance aveugle, un tapis rouge avec un comité d'accueil trié sur le volet, un repas princier dans une atmosphère très festive ! Non, il y a bien des loups quelque part, des loups-garous tapis dans l'ombre, mijotant quelque mauvais coup et prêts à bondir, toutes griffes dehors sur un pauvre agnelet. Oui, assurément, une farce rocambolesque dont il allait bientôt être le dindon s'ourdissait, une tragicomédie grotesque se machinait, montée de toutes pièces par un clan et dont il serait bientôt le malheureux héros.

CHAPITRE X

Deux mois après la visite restée mémorable qu'il avait rendue à sa « belle-famille », Claude et Élise vivaient maintenant presque en couple. Il ne se passait plus de jour sans qu'ils ne se vissent ou ne se téléphonassent. Chaque descente qu'il effectuait à Manka était attendue avec impatience, puis fêtée, glorifiée et bénie. Il y allait le cœur lourd, parlant peu ou presque pas, mais écoutant beaucoup. Certaines fois où elle venait chez lui, Élise s'oubliait exprès et quand le jour déclinait à l'horizon, elle décidait de passer la nuit là, auprès de lui, avec lui, à Samtouon.

La première fois où elle osa prendre cette décision, Claude lui demanda, à brûle-pourpoint, profondément horrifié :

- Et tes parents ? Qu'est-ce qu'ils diront ? Que penseront-ils de moi ?

- Mais rien chéri ! avait-elle répondu d'une voix susurrante. Puis, elle avait ajouté :

- Ils savent que je suis chez moi ici, que tu es mon mari et mon meilleur protecteur.

- Mais nous nous connaissons à peine et nous ne sommes pas encore mariés ! avait-il rétorqué. Qu'est-ce que ça veut dire ?

Elle s'était tue un instant et puis soudain, lui avait répondu :

- Ils m'ont d'ailleurs fait la ferme recommandation de dormir ici chaque fois que la nuit est tombée. Tu sais ! Avec les dangers et les agressions nocturnes dont la cité

est le théâtre à présent, tout nous incite à une extrême prudence et puis…
- Eh bien ! dorénavant, lui avait-il rétorqué, mettant ainsi fin à son blablabla, je m'arrangerai pour que tu rentres le plus tôt possible. Puis, faisant contre mauvaise fortune bon cœur, il avait consenti à ce qu'elle y passât la première nuit. Et cette nuit, il avait tenu à ce qu'elle la passât avec Martha, dans sa chambre.

N'étant toujours pas parvenu à comprendre comment cela était arrivé, il apprenait à aimer cette fille et mieux encore, il se prenait en flagrant délit d'un amour éperdu pour elle, d'un amour si profond qu'il se surprenait à lui dire tout son cœur.

Dès les premiers moments de leur idylle, ils avaient eu un long entretien, l'unique et indispensable entretien pendant lequel l'on signe pour la vie le pacte d'un amour franc, honnête et sincère, le reste étant entaché de duperies, de ruses, d'hypocrisies et de bien d'autres faux-semblants.

Pour marquer d'une croix blanche cet entretien et afin que chacun d'eux lui attachât tout son prix et toute son importance, Claude avait tenu à ce qu'il eût lieu dans un cadre élyséen. Ce jour-là donc, dès potron-minet, ils avaient pris la route, en direction d'une campagne située à deux kilomètres après la dernière habitation humaine. Et là, loin du tumulte des hommes et des regards corrupteurs, au milieu d'une végétation enchanteresse digne de l'Éden, et où tous les oiseaux de la création semblaient s'être donné rendez-vous pour leur donner la plus belle symphonie d'amour qui fût, assis face à face sur un gros rocher sous lequel coulait un ruisseau, bercés par les effluves d'un vent douillet qui leur caressait la peau, ils avaient parlé. C'était Claude qui, ayant pris son air le plus solennel, avait pris la parole le premier.

- Élise ! C'est aujourd'hui, ici, dans cette nature sauvage et maintenant, que nous nous marions. Tu me comprends ?
- Oui mon amour !
- C'est donc aujourd'hui, ici et maintenant, que nous devons nous dire tout, ne rien nous cacher l'un à l'autre, nous connaître pour toujours ! Est-ce que tu me comprends ?
- Très bien, chéri !
- C'est donc l'heure de la vérité, de rien que la vérité, de toute la vérité. ! Est-ce que tu me suis ?
- Oui mon ange !

Claude souffla un gros coup avant de poursuivre :
- Tu as bien vingt et un ans, tu m'as dit ! C'est ça ?
- Mais bien sûr, chéri ! Pourquoi te mentirais-je ?
- Bien. Et tu t'appelles Nzié Élise, c'est bien cela ?
- Oui !
- Parfait ! dit-il. Passons à présent aux questions sérieuses. Il respira encore profondément puis s'élança :
- Es-tu déjà tombée enceinte ?
- Non ! répondit-elle, d'une voix énergique, visiblement outrée par cette question. Puis elle lui demanda à son tour :
- Pourquoi me poses-tu cette question ?
- Excuse-moi, c'est tout simplement que je ne connais pas dans cette ville de fille de plus de dix-huit ans qui ne soit pas maman. À moins que tu ne fasses une exception à la règle.

- Eh bien ! rassure-toi, mon Claude, je n'ai jamais été maman ! fit-elle.

Claude, flairant le mensonge au ton qu'elle avait pris pour lui répondre, appuya sur la chanterelle :
- Élise, lève la tête, regarde-moi et jure- le-moi !
- Mais Claude, s'emporta-t-elle, la voix sifflante, tu l'aurais déjà su !
- Et comment l'aurais-je su ? lui demanda-t-il.

Élise se tut, les yeux perdus dans le lointain. Il poursuivit :
- Permets-moi d'insister sur ce point. Tu sais, de nos jours, les jeunes filles avortent quand elles ne veulent pas garder une grossesse.

Au mot grossesse, Élise devint blême et ses lèvres se mirent à trembloter. Claude poursuivit :
- Donc jamais de grossesse et jamais d'avortement ?
- Oui ! Claude, répondit- elle vivement, un peu rassérénée qu'il l'eût comprise une bonne fois pour toutes.
- Et ton *amant*, comment va-t-il ? enchaîna-t-il, la taquinant un peu, pour détendre l'atmosphère.
- Quel *amant* ? rougit-elle, le bousculant légèrement, un pâle sourire flottant sur ses lèvres.

Puis, elle poursuivit :
- C'est toi mon *amant* !
- Oui, menteuse va ! Tu me prends pour un abonné ?
- Je te jure, Claude ! fit-elle.
- Et comment donc ? poursuivit-il. Toi si jeune, si belle et si attirante, tu veux dire…

- Arrête Claude ! coupa-t-elle. Pour qui me prends-tu ? Pour une roulure ou quoi ?
- Non ! Non ! Mais c'est simplement que je suis très surpris, continua-t-il, la goguenardant toujours et voulant lui tirer davantage les vers du nez.
- Et toi ? attaqua-t-elle. Comment va ta *lapine* ?
- Très bien. Seulement, nous sommes en voie de séparation, dit-il.
- Et pourquoi ?
- Parce que je t'ai rencontrée.
- C'est vrai ça ? demanda-t-elle, le ton railleur.
- Eh oui ! ma chère !

Puis reconquérant son air solennel, il poursuivit :

- Ce que tu dois savoir, c'est que j'ai eu deux gosses dans ma vie.
- Deux ! s'exclama-t-elle. Donc en sus de Martha, il ya un autre ?
- Oui, répondit-il.
- Il est où ? demanda-t-elle.
- À Makouop.

C'était la capitale économique du pays.

- Avec sa mère ?
- Oui !
- Quel âge a-t-il ?
- Quatorze ans !
- Un garçon ou une fille ?

- Un garçon !
- Ils sont tous deux nés de la même mère ?
- Non ! répondit-il.
- Pourquoi n'habite-t-il pas avec toi comme Martha ?
- Parce que je n'ai pas épousé sa mère.
- Donc, tu es un coureur de jupons !
- Je ne le suis plus depuis que je t'ai connue.
- Et la mère de Martha, où est-elle ?

Il hésita avant de répondre. Un léger voile passa dans ses yeux et fit tiquer ses sourcils. Il se ressaisit puis lâcha :
- Morte. Oui. Morte depuis plus de quatre ans !
- Oh ! non ! s'ahurit-elle. La pauvre gosse! Orpheline de mère très tôt !

Puis, elle enchaîna :
- De quoi est-elle morte ?
- Des suites d'un accident de circulation. Bon ! Changeons de sujet, veux-tu ?
- Bien sûr, mon amour ! Que je veux bien !
- Il y a encore deux points essentiels à régler. On y va ?
- Je t'écoute !
- Nous devons nous faire dépister avant d'engager quoi ce soit. Ça te va ?
- Non ! répondit-elle. Dépister quoi ?

Depuis qu'ils s'étaient rencontrés, cela avait toujours été un dialogue de sourds. Il lui fallait ravaler à chaque fois la langue à son niveau le plus colloquial, lui expliquer une chose avec force détails et parfois même entrer dans les

trivialités pour qu'elle pût comprendre, saisir un iota de ce qu'il disait.
- Mais, je parle du test du VIH/SIDA. Tu comprends maintenant ?
- Oh oui, mon Claude ! C'est très important.
- Tu sais, poursuivit-il pour achever de la convaincre, la confiance n'exclut pas la méfiance, autant que l'habit ne fait pas le moine. N'est-ce pas ?
- Oui. Tu as raison.
- Le deuxième point qui n'est pas des moins importants, continua-t-il, est bien celui qui touche à ton avenir scolaire. Tu viens de rater une fois de plus ton examen officiel du brevet. Que comptes-tu faire à présent que la rentrée scolaire approche à grands pas ?
- Je ne sais pas ! répondit-elle, avec un léger haussement d'épaules. Cela dépend de toi !
- Là, coupa-t-il, j'ai du mal à te comprendre ! Explique-toi mieux !
- Mais, poursuivit-elle, si tu veux, je peux bien continuer à fréquenter, et si tu ne veux pas…
- Arrête, veux-tu ? l'interrompit-il. Le mariage n'est pas une fin en soi dans la vie d'une femme. Mais le travail, si ! d'accord ? Nous devons sortir de la conception barbare qui fait de la femme l'esclave de l'homme et qui la réduit à l'ignoble statut d'une poule pondeuse servilement dévouée à son mari. Donc la priorité pour moi, ce n'est pas tant que nous célébrions notre mariage, mais plutôt que tu obtiennes un diplôme, aussi minable soit-il, et que nous l'exploitions à bon escient pour te tirer de l'ornière et faire de toi une femme de valeur ! Donc tout en vivant ensemble dans le cadre

bien défini des fiançailles, voici ce que je te propose : priorité au diplôme et accès à l'emploi, puis célébration du mariage à la clé. Qu'en penses-tu ?

- Je suis tout à fait d'accord avec toi, mon amour ! avait-elle déclaré sans barguigner, avec une joie non dissimulée.

C'était un béni-oui-oui. Jamais la moindre objection ni la plus petite opinion.

- Chéri, lui demanda-t-elle soudain, pourquoi je dors toujours avec Martha et jamais avec toi ? Aurais-tu peur de moi ?
- Mais, tu ne comprends rien à rien! Élise ! lui dit-il, un peu tendu. Pas de rapports sexuels sans test préalable du VIH et renouvelable après trois mois ! Comment ! Qu'est- ce- que tu vas t'imaginer là, bon Dieu ? Que nous devons passer sous la couette, comme ça, sans crier gare ? Serais-tu folle au point de faire aveuglement confiance à un homme que tu ne connaissais pas auparavant au point de lui ouvrir toutes béantes les portes de ton cœur et de ton corps ? Ah non ! On n'a pas idée ! Ma chère ! Prudence ! Trois fois prudence !
- Et les préservatifs ? Qu'est ce que tu en dis ? demanda-t-elle lorsqu'il se fut tassé.
- Écoute, Élise ! Je te considère, non comme une roulure, mais plutôt comme ma future femme et à te dire vrai, l'usage des capotes ne m'a jamais tenté.
- Pourquoi ?
- Je ne suis pas un être libidineux et je sais m'abstenir, tout comme toi.

Puis, tous deux s'étaient tus, scrutant l'horizon devant eux, qui s'étalait loin là-bas, d'un blanc immaculé. Leurs oreilles à présent bourdonnaient de mille tintouins. La gent ailée qui tout à l'heure avait accordé les violons de sa symphonie pour leur offrir une belle aubade s'était disloquée soudain et de partout, l'on n'entendait plus que des cacophonies discordantes. Puis, il éleva la voix et lui demanda :

- Et tes menstrues ? Nous n'en avons pas parlé. Comment c'est ?
- Comment ? lui répliqua-t-elle.
- Ton cycle ! Est-il régulier ou irrégulier ?

Elle fit une moue profonde avant de lui répondre.

- Irrégulier, et puis poursuivit-elle, je ne sais comment te le dire, chéri, il y a des mois où ça ne vient pas.

Elle se tut longuement, triturant ses doigts, ses paupières battant étrangement.

Claude comprit qu'il avait touché à un point délicat. Il enfouit la main dans la poche de son paletot, ramena un paquet de cigarettes, en extirpa un bâton qu'il alluma et se mit à fumer en silence, la mine grave, profondément troublé.

- Est-ce que les tiens sont au courant ? lui demanda-t-il, posément.
- Non ! Pas encore ! répondit-elle éhontée.
- Pourquoi tu ne leur en parles pas ? s'enquit-il.

Élise une fois de plus se tut et inspira profondément.

Claude mit les pieds à terre, la mine serrée, et entreprit de faire les cent pas. Il fumait de continuelles cigarettes. Il avait perdu sa bonne humeur.

Ainsi donc, cette jeune fille que ses parents le forçaient de prendre pour femme avait une aménorrhée qu'elle cachait aux siens. D'où cela pouvait-il provenir et depuis combien de temps en souffrait-elle ? Il était effaré, perdu dans ses pensées. Il décida d'en discuter avec sa mère.

Élise saisit toute la gravité du moment et lui dit :
- Je *les* parlerai ce soir, Claude.

Cette phrase ne fit que l'exaspérer.
- Je leur parlerai, la corrigea-t-il.

Elle répéta la phrase correctement. Claude ne lui dit plus rien et elle comprit que la randonnée avait pris fin. Il reprit le chemin du retour. Il bouillait d'inquiétudes. Elle trottinait derrière lui, les mains dans le dos, tête baissée, tel un chien que son maître vient de réprimander et dont il redoute un éventuel coup de pied.
- Avait-on déjà demandé ta main auparavant ? lui demanda-t-il soudain.
- Oui ! répondit-elle.
- Et qu'est-ce qui s'est passé par la suite ?
- J'ai refusé.
- Pourquoi ?
- Parce que je ne les aimais pas.
- Pourquoi m'aimes-tu ?
- Parce que tu me plais ! Je t'aime, Claude ! Je t'aime comme je n'ai jamais aimé !

Claude marqua un temps d'arrêt et lui répondit :
- Je t'aime, moi aussi Élise.

Puis, ils rentrèrent à la maison.

CHAPITRE XI

À présent, les tractations se nouaient dans les coulisses entre les parents des deux familles. Ils se regardaient maintenant avec plus d'égards et d'attentions. Ils avaient planifié les différentes étapes de l'évènement. Il fallait hâter les préparatifs, afin que les deux tourtereaux vécussent enfin une vie de couple. L'estime de Claude avait grimpé de plusieurs crans dans les cœurs de ses parents qui, à présent, louaient son embonpoint, en même temps qu'ils se gaussaient de sa mine, plus épanouie et plus réjouie, depuis que leur bru, séjournant de temps en temps chez lui, lui mitonnait les mets les plus succulents du terroir.

Martha était aussi heureuse, très heureuse. Oui, elle allait enfin grandir entre un papa qui l'aimait tant et une maman qu'elle n'avait pas eu le bonheur de connaître et pour laquelle l'amour avait spontanément jailli sur cette petite femme, si mignonne et si mignarde, depuis la première fois où elle était apparue dans sa vie et à chaque fois qu'elle venait à la maison. Elle s'épanouissait, en fillette très sage auprès d'elle, et elle aurait tant souhaité que cette fois fût la bonne, qu'elle ne repartît plus, qu'elle s'installât une bonne fois pour toutes. Mais toujours, elle repartait, la laissant dans une tristesse et une mélancolie profondes.

Mais, pour qui l'eût bien observé ces derniers jours, il était loisible de constater sans risque de se tromper que Claude n'était pas tranquille. Si le dépistage avait été concluant de part et d'autre à la satisfaction des deux parties, si ses parents le couvaient de bénédictions depuis qu'ils lui avaient trouvé chaussure à sa pointure, si Martha était la plus comblée des fillettes à la seule idée que cette jeune fille était déjà sa maman, et s'il semblait avoir lâché la bride à son amour pour cette dernière, Claude était sûr et certain et il mettrait sa main au feu qu'Élise ne lui avait pas dit la vérité au sujet de la grossesse et de l'avortement dont elle avait juré mordicus n'avoir jamais été victime de l'une et encore moins de l'autre. Car alors ! D'où venait-il que trois semaines après l'indispensable entretien, sa mère et ses sœurs ne fussent toujours pas informées de sa situation, à moins qu'il ne s'agît là en réalité d'un secret de polichinelle ?

Le jour qui avait suivi le fameux entretien, Élise avait pour la toute première fois encouru véritablement les foudres de la colère de celui qu'elle appelait déjà urbi et orbi son mari. Au « non » cinglant qu'elle lui avait donné au téléphone lorsqu'il l'avait appelée pour lui demander si elle avait enfin fait cas de sa situation aux siens, Claude était entré dans une rage indicible. Il avait tonné, fulminé, trépigné, tant qu'à l'autre bout du fil, son interlocutrice avait fondu en larmes.

- Si tu ne l'as pas fait avant demain, je ne voudrais plus jamais te revoir !

Cela avait été ses dernières paroles, puis il lui avait raccroché au nez.

Mais ni le lendemain ni les jours qui suivirent, il n'avait eu vent de rien et elle non plus ne lui avait rien dit à ce sujet. Et ils se voyaient tous les jours et son amour pour elle ne cessait de grandir. Il ne comprenait pas ce qui lui arrivait. Seulement, il savait une chose, on le menait en bateau, on le tournait en bourrique. Il en avait néanmoins parlé avec sa mère qui ne s'en était pas inquiétée outre mesure. Tout de même, elle lui avait donné quitus. Ils avaient donc convenu de repousser les échéances, le temps nécessaire pour qu'on lui fît faire quelques examens médicaux qui confirmeraient ou infirmeraient les doutes qui planaient.

Mais grande avait été sa stupéfaction lorsqu'au lendemain du jour où il lui avait parlé desdits examens, Élise avait débarqué chez lui à la pointe du jour et lui avait dit, heureuse :

- Chéri, enfin, j'en ai parlé avec maman et elle voudrait te voir de toute urgence.
- Pourquoi ? avait-il demandé, très surpris.
- Pour que toi et elle en *parler*.
- En parliez ! la corrigea-t-il. Puis il poursuivit :
- Parler de quoi ? s'emporta-t-il. Pour qui me prenez-vous ? Pour le dernier des imbéciles ou quoi ? Pourquoi c'est maintenant que tu leur as fait cas de ta situation et qu'attendais-tu pour le faire depuis ?

Elle avait baissé la tête et se triturait les doigts. Claude l'observait. Cette jeune fille avait quelque chose de terrible qu'elle lui cachait. Sa famille paraissait dans le coup, à la façon dont elle voulait se débarrasser d'elle. Et sa future belle-mère, pourquoi l'appelait-elle ? Que pouvaient-ils bien avoir de bon à se dire ? Puis après moult hésitations, il s'était résolu à aller la voir.

Lorsqu'il arriva, la belle-mère était assise au salon dans une attitude de profond abattement. Quand elle le vit s'encadrer sur le seuil de la porte centrale, elle leva sur lui deux gros yeux sanguinolents, le visage tout en larmes.

- Ah mon fils ! Ah mon fils ! fit-elle d'une voix chevrotante, tout en redoublant de pleurs. Le flux lacrymal ne tarissait pas.

Claude vint s'asseoir auprès d'elle, apitoyé et ému par cette femme, se demandant en même temps à quelle comédie elle semblait jouer.

- Mon fils ! repartit-elle après qu'elle eut séché ses larmes à l'aide d'un pan du pagne qu'elle portait, mes filles m'ont causé bien de chagrins par le passé. Mais le cas présent me désespère et m'angoisse davantage. C'est cette nuit que ta fiancée m'a fait part de sa situation en même temps qu'elle m'a parlé des examens médicaux à faire. C'est bien cela ?
- Oui, maman, répondit-il.
- C'est bien d'y penser, mon fils ! poursuivit-elle. Mais tu sais, mon fils, la médecine traditionnelle a fait de nos jours des progrès énormes en la matière. Il semble même qu'elle est en passe de damer le pion à la médecine moderne sur ce point. Je ne suis pas contre la médecine moderne, mais elle est plus onéreuse et requiert de longs et fastidieux traitements, tandis qu'avec la médecine traditionnelle, les soins sont moins dispendieux et les résultats immédiats.

Elle marqua une légère pause, réfléchit rapidement et puis poursuivit tout en lançant sur son interlocuteur des regards furtifs.

- Je connais un puissant herboriste réputé pour l'efficacité de ses soins. Aussi ai-je la ferme intention d'y conduire Élise dans les tout prochains jours. Donc, ce que je propose, c'est que nous patientions encore un peu, juste le temps de voir ce que cela nous donnera de ce côté-là. Qu'en penses-tu, mon fils ! Puis, elle se tut.

Pendant cette péroraison, Claude était resté dans une attitude de profonde hébétude. Il semblait coi. Les mots lui manquaient. Il était groggy, vaincu, abattu. Par une argumentation dont elle semblait avoir au préalable si bien fignolé chaque partie, cette femme essayait de lui faire croire qu'elle n'était au courant de rien auparavant, en même temps qu'elle essayait de le convaincre de laisser la médecine moderne en plan, au profit d'une pratique empirique, sordide, mystique, voire ensorceleuse. En quel bateau le menait-on ? Dans quel ignoble guet-apens s'apprêtait-on à le faire tomber ? Il en était là, perdu dans ses réflexions, se demandant s'il ne ferait pas mieux de sauter sur cette mystérieuse femme pour lui tordre le cou, ou de se lever, sortir à grands pas, lui claquer la porte au nez et s'enfuir sans se retourner, s'enfuir pour toujours, sans plus jamais remettre les pieds dans cette maison de belle-famille de malheur !

Mais toujours un esprit le retenait, l'anéantissait, annihilait ses forces et ses facultés, l'abêtissait à chaque fois qu'il était devant ces gens, sans qu'il eût pu s'expliquer comment tout cela lui arrivait. Son indécision allait crescendo. Il était incapable de la moindre fermeté, de la plus petite outrecuidance. Un aimant l'attirait vers ces beaux-parents dont il était à présent fou amoureux de la fille. Il buvait leurs paroles comme du petit lait. Il était plus prompt en paroles qu'en actes. Que lui arrivait-il ? Quel élixir lui avait-on fait ingurgiter ? Quel philtre lui avait-on fait boire, sans qu'il ne s'en rendît compte ?

- Je vous ai compris, maman ! lui répondit-il après quelques minutes de réflexion intense. Mais, comprenez que des examens préalables sont indispensables avant d'engager tout traitement.

- Mon fils ! poursuivit-elle, je suis une femme doublée d'une vieille mère. Je sais ce que c'est pour en avoir été victime, moi aussi. Fie-toi à moi et tout ira bien.

- Soit ! maman, puis il se leva, dit au revoir, sortit et s'en alla.

Une pluie fine tombait, dissipant le brouillard qui au petit matin avait recouvert l'atmosphère d'une grande nappe blanche. Il marchait le long des rues, les mains coincées dans les poches de son paletot gris, pour se désengourdir du froid du matin.

CHAPITRE XII

On était à l'aube de la nouvelle année scolaire. Les grandes vacances tiraient à leur fin et Martha était plus qu'heureuse de renouer bientôt avec les classes.

Ces grandes vacances-là, elle les avait passées à Nkoussam, en compagnie de sa nouvelle maman et de ses grands-parents. L'année scolaire avait été rude et ennuyeuse. Elle s'était néanmoins soldée par un succès éclatant. Elle allait au cours moyen deuxième année, et son père avait donc décidé de lui offrir les plus belles vacances de sa vie. La veille du départ, ils s'étaient concertés, s'étaient longuement parlé et même querellés. Son père voulait qu'elle allât à Makouop et elle ne l'entendait pas de cette oreille. Elle avait choisi la campagne comme lieu de villégiature, pour des vacances qu'elle voulait folichonnes, festives et inoubliables auprès de sa tata.

Quand vint le jour tant attendu, elle avait fait ses baluchons qu'elle avait empilés les uns sur les autres, avait embrassé son tendre père et, le cœur joyeux et plein d'espérance, était partie aux bras de tata pour une destination qu'elle rêvait enchanteresse. C'était la première fois qu'elle s'y rendait. Le voyage avait été long, pénible et fastidieux. Cependant, il l'avait égayée. Elle avait chantonné tout au long du trajet de vieux airs enfantins. D'autres fillettes s'étaient jointes à elle et mille voies puériles s'étaient fait entendre, les unes mélodieuses, les autres cacophoniques.

Au loin, la campagne avec sa verdure chatoyante s'étalait à perte de vue, vaste et toute resplendissante sous un ciel bleu argenté. Ces grandes vacances-là, elle les avait attendues, pleines de promesses et riches en évènements heureux. Claude était heureux et s'extasiait devant le bonheur de sa fille, qui avait retrouvé toute sa joie de vivre, depuis un mois où elle avait enfin une maman à portée de main, quoiqu'elle vînt et repartît toujours. La lettre des fiançailles avait été initiée, l'accusé de réception favorable, le premier vin bu, ce qui conférait désormais au couple le statut de fiancés. Mais la dot et l'état civil avaient été reportés *sine die*. Contrairement à l'usage bien établi, quoique Claude et Élise vivent maintenant une période de fiançailles, quoiqu'il ait le plein droit d'emporter sa fiancée avec lui au terme de la visite rendue et du premier vin offert à la belle-famille, il s'était abstenu de l'installer auprès de lui, préférant la laisser dans le cocon familial, tout en pourvoyant à tous ses besoins, même les plus infimes. Elle pouvait dès lors séjourner au foyer conjugal et y passer autant de nuits qu'elle pouvait, mais au bout d'un temps, Claude allait la raccompagner dans sa famille.

Pendant les premiers temps de ses longs séjours chez lui, Claude constata avec ahurissement qu'Élise ingurgitait des breuvages au quotidien. C'étaient des potions, des décoctions et des infusions qu'elle s'administrait trois fois par jour. Elle maigrissait et pâlissait à vue d'œil. Elle était devenue très soucieuse et anorexique. Le plus petit bruit l'épouvantait. Elle sombrait dans une somnolence qui l'inquiétait de plus en plus et dormait à longueur de journée. La nuit, elle, était en proie aux rêves les plus cauchemardesques et aux délires les plus fous qui fussent. Il n'avait jamais vu cela. Alors, il l'embrassait et la serrait très fort contre lui et lorsqu'elle était revenue à elle, elle était haletante et toute ruisselante de sueur.

- Qu'est-ce qui ne va pas, Élise ? lui demandait-il, à chaque fois qu'elle retrouvait ses esprits.

- J'ai des couches de nuit, mon mari ! répondait-elle d'une voix moribonde.
- Comment ? s'enquérait Claude, terrifié. Il n'avait jamais entendu ça.
- Des monstres, des vampires et même des personnes disparues et que je connais, répondait-elle, au plus fort de l'halètement.
- Mon Dieu ! Ce n'est pas possible ! s'exclamait-il. Cela t'arrivait-il souvent ? s'était-il empressé de lui demander les premières fois où horrifié, il avait assisté à ces premières crises d'hallucination.
- Hum ! Non ! Non ! avait-elle répondu, hésitante.
- Jamais auparavant ?
- Jamais, mon chéri.
- Mais alors ! À quoi cela est-il dû ?
- Je ne sais pas, mon amour !

Ce n'était pas suffisant d'avoir une aménorrhée, il fallait à présent qu'elle eût des couches de nuit.

Et puis soudain, il avait pensé à tous ces infects breuvages qu'elle prenait à longueur de journée.

- Et si c'étaient toutes ces herbes et toutes ces poudres qui en étaient la cause ?
- Non, je ne pense pas !
- Comment ça, tu ne penses pas ?
- Pour les couches de nuit, d'accord. J'en ai toujours depuis que j'étais gosse, avait-elle répondu.
- Et les hallucinations ?
- Hum ! Jamais auparavant !

Une fois de plus, Claude avait pressenti un gros mensonge. Il avait l'intime conviction, à chaque fois qu'il lui avait posé une question qui, de près ou de loin, touchait à sa vie de femme ou à son intimité, qu'Élise ne lui disait jamais la vérité ou du moins, qu'elle le disait en partie. Plus les jours passaient, plus ces crises se faisaient rebelles et plus lancinantes. Et ce qui aurait dû être vécu comme une lune de miel était plutôt un drame épouvantable.

Martha en était profondément affectée. À la vue de cette maman dont la maigreur du corps et la pâleur du visage s'amplifiaient de jour en jour, elle se surprenait parfois en train de pleurer à chaudes larmes. Claude ne comprenait toujours pas. Un jour où elle n'était pas venue, il avait tenu à vérifier cela auprès de Martha avec qui Élise avait si souvent dormi, lorsqu'elle s'oubliait chez lui, avant qu'il n'eût offert le premier vin qui faisait à présent d'eux des fiancés.

- Je suis très fâché contre toi ! lui avait dit son père.
- Pourquoi, mon petit père ? lui avait-elle rétorqué, troublée.

Elle n'avait rien fait de répréhensible qui pût attirer sur elle le mécontentement de son père.

- Parce que tu ne m'as jamais rien dit !
- Mais ! Te dire quoi, papa ?
- Pourquoi ne m'as-tu pas dit que la tata Élise faisait de mauvais rêves la nuit, qu'elle sursautait et criait autrefois, lorsque vous dormiez ensemble ?
- Mais, elle n'en a jamais fait, papa. Sinon je te l'aurais dit !

Il avait tout compris. Son flair jamais ne lui jouait de vilains tours. Chaque fois que son flair lui disait que la vérité était quelque part, c'est qu'elle y était, quel que fût ce que l'on put faire pour l'occulter. Puis, à son tour, la petite avait passé son père au crible d'un interrogatoire musclé. Ce dernier lui ayant mis la puce à l'oreille.

- Dis, papa ! Tata, elle est malade ?
- Oui ma puce !
- De quoi souffre-t-elle ?
- Je ne sais pas.
- Comment tu ne sais pas ?
- Mais puisque je te dis que je ne sais pas !
- Tu m'as pourtant dit qu'elle fait de mauvais rêves, qu'elle sursaute et qu'elle crie la nuit !
- Oui !
- Et tu ne sais pas ce que c'est ?
- Comment veux-tu que je le sache ?
- Dis, papa ! Pourquoi maigrit-elle tant ?
- Je ne sais pas !
- Ben ! Il faut l'emmener à l'hôpital !
- Oui, ma chatte !
- Je ne suis ni une chatte ni une puce, je suis Martha !
- Oui, Martha !

Et tous deux avaient éclaté d'un gros rire.

Mais Claude était soucieux, très soucieux même. Un mois s'était écoulé depuis qu'Élise suivait un traitement traditionnel et depuis lors, son flux n'était toujours pas rétabli. Il en était sérieusement inquiet, car à présent, il l'aimait à n'en plus pouvoir. Il ne comprenait pas qu'à vingt et un ans, une fillette à peine née, à la fleur de l'âge, eût ce genre de pathologie. C'était inconcevable. Cette situation échappait aux données réelles de son entendement, de sa perception. Une aménorrhée à vingt et un ans ? Non ! Cela tenait du mystère, de l'incompréhensible. Il y avait quelque chose qui clochait quelque part.

Il était temps de remettre les pendules à l'heure. Oui. C'était bien cela ! Il irait consulter un médecin. Il l'arracherait aux griffes de ces saltimbanques, de ces diseurs de bonne aventure, de ces romanichels, contre le gré de sa belle-mère qui traficotait Dieu savait quoi avec ces ignobles charlatans.

Sa décision était prise, il ne tergiverserait plus là-dessus. Il conduirait sa belle, tout droit chez un toubib de ses amis, pour un diagnostic complet ! Et au diable sa belle-mère et sa préférence pour ces canailles.

CHAPITRE XIII

La rentrée scolaire était venue, avec sa cohorte de tracasseries. Septembre resplendissait sous un ciel pur. La campagne s'étalait, plate et tout de vert vêtue. C'était l'époque de la feuillaison.

Après d'interminables joutes oratoires pour la convaincre de retourner à l'école et n'y étant pas parvenu, Claude avait fini par frapper du poing sur la table. Sa décision avait été irréversible. Élise retournerait à l'école cette année-là, l'eût-elle voulu ou pas. Elle n'en voulait plus. Elle était déçue et fort marrie par ses deux échecs à l'examen du brevet d'études ; mais son homme ne l'entendait pas de cette oreille. Il lui fallait coûte que coûte acquérir ce diplôme si elle voulait se frayer un passage dans la vie.

Cette année-là donc, il se résolut à la prendre en charge à ses frais et mit tout en œuvre pour lui assurer un succès sans faille. Il devint à la fois son professeur d'espagnol et de français au collège et son répétiteur au logis familial. Suivant un emploi de temps d'études dûment préétabli et qu'il respectait au pied de la lettre, il se rendait quatre fois par semaine chez elle et lui dispensait le français, l'anglais et l'espagnol. Il se montrait envers elle d'une intransigeance et d'une sévérité sans bornes. Il lui connaissait l'esprit obtus et fort peu enclin aux études. Elle n'était pas de la race de ceux qui ont inventé la poudre et ça, il le savait très bien.

C'était donc pour toutes ces raisons qu'il ne ménageait aucun effort pour qu'elle acquît les connaissances nécessaires ni ne transigeait sur ses manquements et ses aboulies. Il lui fit même trouver un enseignant de mathématique et des sciences physiques qui venait lui aussi quatre fois par semaine et qu'il payait de sa bourse. Mais hélas ! Malgré tous les efforts consentis, en dépit de tous les sacrifices auxquels il avait souscrit, l'année scolaire se termina une fois de plus par un fiasco sur toute la ligne. Sa fiancée n'obtint ni son brevet d'études, pas plus qu'elle ne passa l'entrée en seconde. Cet échec cuisant, une fois de plus, acheva d'accabler cette dernière. Elle faillit même en mourir. Ce fut à cette époque-là que Claude redoubla d'attention, d'amour et d'attendrissement pour elle. Il se résolut même à l'installer définitivement au foyer, histoire de se rendre compte par lui-même de ce qui dans sa vie clochait vraiment.

À la nouvelle rentrée scolaire donc, Élise ne retourna plus sur les bancs du collège. Elle était installée au foyer et régnait là en maîtresse de maison, digne et respectueuse. Sa santé s'était nettement améliorée, grâce aux soins d'un médecin que Claude lui avait fait consulter, et qui lui avait prescrit une thérapie en béton, pour venir à bout de ses crises et de ses couches de nuit. Elle semblait même avoir reconquis toute sa bonhomie et son bien-être.

Mais sous le ciel serein de ce ménage, planaient de gros nuages qui en assombrissaient les cœurs. Après plus d'un an de soins intensifs, la médecine traditionnelle, qui avait rivalisé de talent avec la médecine moderne, n'était toujours pas parvenue à rétablir d'un iota le flux périodique d'Élise. Quand arrivait cette période, Claude passait des nuits entièrement blanches, consacrées à consoler sa fiancée qui geignait, se tortillait, criait à s'arracher les cheveux, telle une forcenée, du fait des douleurs abdominales atroces.

Et Claude doutait, se morfondait, allait par les rues en soliloquant, perdait le contrôle pendant les cours et lorsqu'il revenait chez lui, il s'enfermait tout seul dans sa chambre et pleurait à grosses gouttes, criant et s'exclamant :

- Mon Dieu ! Mon Dieu ! Comment est-ce possible ?

Et quand la nuit était venue, presque toutes les nuits, il avait un entretien avec sa bien-aimée qu'il chérissait tant et qu'il n'aimait pas voir éplorée et sa bien-aimée jurait tous les saints du monde et même pariait ne rien savoir de cette situation. Et il faisait mine de lui croire, puis tout retrouvait sa sérénité de tous les jours.

Mais Claude ne s'en tint pas pour dit. Il multiplia les consultations, envoya sa fiancée dans les centres gynécologiques les plus huppés de la capitale du pays, où de multiples examens et analyses furent effectués par des spécialistes chevronnés. Mais les diagnostics furent sans appel : Élise souffrait bien d'une aménorrhée, en d'autres termes, d'une absence totale d'épanchement. L'accablement fut à son comble, Claude se référa à ses beaux-parents, malgré les multiples explications évasives auxquelles ils se livrèrent, il comprit donc qu'il y avait anguille sous roche, que cette jeune femme lui cachait une chose abjecte qu'elle n'avait même pas osé révéler aux siens. Mais quoi donc ? Et pourquoi ne pas le dire pour qu'on remédiât à la chose ? Que redoutait-elle à présent qu'il l'aimait éperdument ? Ne s'étaient-ils pas promis de se dire tout ? N'était-il pas prêt à s'offrir en holocauste pour elle, afin de lui témoigner son indéfectible amour ?

Le lendemain du jour qui suivit l'annonce faite à ses beaux-parents de la déplorable situation de leur fille, la belle-mère de Claude débarqua en trombe au petit matin et créa une scène qui mit la maisonnée sens dessus dessous. Elle accabla sa fille de toutes les injures du monde. Elle était même sur le point de la bâtonner à l'aide de sa canne de jonc quand Claude intervint énergiquement et lui dit qu'elle n'en avait pas le droit. Le mieux était qu'elle causât avec sa fille, que celle-ci lui dît la vérité à elle, au moins, et que l'on trouvât une solution à la chose. La mère et la fille se claquemurèrent dans la chambre de Martha et parlèrent tant qu'elles purent, sans que rien ne filtrât. Au sortir de ce huis clos, la belle-mère était dans tous ses états. Elle jura n'avoir été au courant de rien auparavant. Puis elle lui demanda la permission d'emmener sa femme pour quelques jours. Claude lui donna son accord, tout en lui recommandant cependant de ne plus lui faire ingurgiter tous ces infects breuvages qui lui empoisonnaient le corps, en même temps qu'il suppliait sa tendre épouse de revenir le plus tôt possible, afin qu'ils hâtassent les préparatifs de l'examen du brevet qui allait avoir lieu dans trois mois exactement.

Lorsque Martha, revenue du lycée où elle faisait la classe de sixième ne trouva pas sa tata, elle en fut fort attristée. Elle ne mangea ni ne prit sa sieste cet après-midi-là. La scène du matin entre tata Élise et sa mère lui avait infligé dans le cœur une douleur si corrosive qu'elle avait passé toute la journée à la revivre en mémoire. Elle avait même redouté le pire, car ne comprenant toujours pas de quoi souffrait cette brave et tendre tata qu'elle aimait de tout son cœur. Mais dans son imagination de petite fille qui réfléchissait déjà, une vague idée naissait. Tata souffrait d'une maladie qui l'empêchait, elle, d'avoir enfin ce petit-frère qu'elle souhaitait tant avoir. Oui ! le souci d'avoir un bébé garçon avait commencé à tarauder l'esprit de la petite qui grandissait en âge, en forme et en couleur au point où, par cette nuit de grisaille où son père et elle étaient attablés autour du souper, elle osa lui demander tout net :

- Mais papa, qu'est-ce que vous attendez maman et toi pour me donner un petit frère ?

Son père laissa tomber sa cuillère, interloqué. Puis sans toutefois s'emporter comme à l'accoutumée, il lui rétorqua :

- Comment sais-tu cela ?
- Savoir quoi papa ? s'enquit-elle derechef.

Les mots manquaient à son père pour lui répondre. Il cherchait des vocables qui ne blessassent ni sa pudeur ni n'éveillassent d'échos profonds dans son imagination. Mais la petite, elle, avait enfin compris le sens de la question paternelle et sans plus attendre, elle le tira de ses hésitations.

- Tu sais, papa ! le professeur de sciences nous a fait dernièrement un cours d'anatomie et je sais que la présence d'un homme et d'une femme est nécessaire pour avoir un enfant.

Son père la fixa droit dans les yeux, hocha la tête et lui demanda :

- Pourquoi veux-tu un petit frère et non une petite sœur ?
- Parce que je suis une fille et je veux un bébé garçon.

Puis elle continua, la mine un peu triste :

- Papa, je sais que maman est malade. Il faut qu'on prie beaucoup pour qu'elle guérisse afin que vous me donniez des frères et sœurs.
- Oui, ma chérie. Elle guérira et nous te donnerons tes frères et tes sœurs.

Puis il lui dit tendrement :

- Je t'aime, ma chérie !
- Moi aussi, je t'aime, papa !

Puis il se leva de table, préférant mettre un terme à ce genre de conversation improvisée à laquelle sa fille l'accoutumait de plus en plus. Il avait compris, à présent qu'elle grandissait, droite comme une jonquille, en même temps qu'elle mûrissait en esprit et en intelligence, que le temps des rognes et des vitupérations à l'emporte-pièce était révolu. Il fallait l'écouter, lui expliquer les choses dans leurs menus détails, afin qu'elle comprît, sans la frustrer outre mesure.

- Et quand est-ce qu'elle reviendra, papa ? demanda-t-elle soudain.
- Je ne sais pas ! répondit-il, en pénétrant dans sa chambre.
- J'irai la voir demain, au sortir des classes si tu me le permets, papa !
- Où ça ?
- Mais chez eux, à Manka !
- Soit ! Très bien, fit-il.

Puis il s'enferma, se dévêtit et s'affala dans son lit, fourbu qu'il était, tandis que la petite regagnait sa chambre. C'était l'heure des études et les évaluations écrites approchaient à grands pas.

CHAPITRE XIV

Élise revint trois jours plus tard au cocon conjugal, complètement métamorphosée. Elle paraissait réjouie. Sa mine chagrine, ses yeux effarés, son caractère sombre et ses pas tatillons sous l'emprise des vertiges qui la prenaient continuellement avaient à présent cédé le pas à des humeurs moins exécrables et à un tempérament plus quiet, ce à quoi Claude ne comprit rien. Elle paraissait pleine d'espoir et son optimisme se faisait de plus en plus croissant. Quand, au retour du voyage qu'elle avait effectué avec sa mère, elle avait trouvé Claude affalé sur le canapé, la tête entre les mains, elle s'était précipitée sur lui et l'avait couvert de mille câlins. Mais elle faisait mystère de son voyage, ne lui soufflant mot. Revenue donc au foyer, la maison avait repris son train-train quotidien, se ragaillardissant chaque jour davantage.

Élise avait maintenant vingt-trois ans et son état ne s'était pas amélioré d'un quart de poil, en dépit de tous les traitements et des soins que les médecins lui administraient. Claude lui avait fait interrompre tout traitement traditionnel, n'ayant pas une once de foi dans le pouvoir de ces marchands d'illusions.

Les préparatifs de l'examen du brevet d'études allaient bon train et un mois plus tard, alors qu'elle n'allait plus à l'école, après trois tentatives infructueuses, elle obtint cahin-caha, à la quatrième présentation ce fameux diplôme qui ouvrit aussitôt dans l'esprit de Claude mille boulevards, mille perspectives pour sa bien-aimée. Pour lui, c'en était fini avec l'enseignement secondaire. Il fallait à présent que sa fiancée se présentât à l'un des multiples concours d'entrée dans les écoles ou centres de formation professionnelle qu'on lancerait cette année-là. Il décida qu'elle se présenterait au concours d'entrée à l'École normale des instituteurs de l'enseignement général sise à Mambain, l'un des quartiers les plus populeux et les plus en retrait de la Cité des Arts, résolution qu'elle rejeta d'un bloc, estimant qu'elle avait suffisamment usé son arrière-train sur les bancs et qu'il était hors de question qu'elle continuât à se tracasser l'esprit. Le mieux à faire et le plus court était qu'il lui trouvât un fonds de commerce, qu'elle s'établît commerçante et que l'on n'en parlât plus. Claude était sorti de sa réserve :

– Mais c'est absurde et insensé ce que tu me proposes là ! À quoi cela t'aura-t-il servi, toutes ces années passées sur les bancs, si c'est pour aboutir à ça ? Il n'en est pas question ! C'est à prendre ou à laisser.

La dispute avait été longue, jonchée de mots crus, de réparties, d'outrecuidances, dispute au terme de laquelle ils n'étaient pas parvenus à accorder leurs violons. Finalement, Claude s'était trouvé contraint d'abattre sa dernière carte.

– Si dans les vingt-quatre heures qui suivent, tu ne t'es toujours pas décidée à rallier mon parti, nous serons contraints de nous quitter l'un l'autre !

Puis il avait allumé une cigarette, enfilé son paletot et était sorti. C'était une vilaine manie de jeunesse qu'il avait conservée, lorsque les nerfs étaient mis à rude épreuve, d'incendier une cigarette et de faire les cent pas dans la courette de la concession, pour se remettre de ses émotions.

Les grandes vacances battaient leur plein et Martha était heureuse. Elle passait à présent en classe de cinquième et s'épanouissait au jour le jour, quoique le désir d'avoir un petit-frère tournât en obsession chez elle. Et maman la gavait d'espoir en lui répondant que c'était pour bientôt à chaque fois qu'elle s'en était impatientée. Et Claude était là, vaincu par cet état de choses.

La nuit venue, lorsqu'ils se furent étendus, Élise, d'une voix câline, dit à son homme :

– Chéri, je t'ai compris, je ferai ce concours.

Elle se présenta donc audit concours deux semaines plus tard et son fiancé fit tout son possible pour qu'elle y réussît, ce qui fut fait au grand bonheur de ses beaux-parents qui, à la proclamation des résultats, affluèrent au foyer conjugal, ivres de joie. Une fête fut improvisée à l'occasion. Le couple fut porté en triomphe, adulé et béni. Les beaux-parents ne tarissaient pas de louanges ni de bons mots pour ce beau-fils digne de toutes les glorifications, qui avait, en un temps record, tiré leur fille de l'ornière en lui offrant à la fois ce fameux diplôme pour lequel elle avait vainement roulé sa bosse pendant trois bonnes années sur les bancs du collège, et ce concours qui lui ouvrait la voie à une carrière professionnelle.

À la rentrée académique suivante donc, Élise devenue étudiante intégra l'ENIEG de la Cité des Arts. Claude s'était démené autant qu'il pouvait pour lui préparer une rentrée décente. Il mit à sa disposition tout le nécessaire afin que rien ne lui manquât. Une motocyclette de course venait la prendre tous les matins et la ramenait tous les après-midi.

Le premier jour où elle y alla, il s'en était fallu de peu qu'elle ne lui retournât son tablier à cette fichue école. Jamais elle n'avait vu programme aussi fleuve. Elle disait qu'elle ne tiendrait pas le coup, que c'était au-dessus de ses facultés. Mais Claude l'en dissuada tant et si bien que, l'appétit venant en mangeant, elle s'y fit sans plus regimber ni maugréer.

Mais un beau matin, le beau-père arriva au foyer et tint à son gendre des propos dans lesquels ce dernier crut voir tout le bon sens et toute la raison qu'ils reflétaient.

- Mon fils, lui dit-il, je connais le poids des charges sous lequel tu ploies à présent. Aussi vais-je te débarrasser d'un de ces lourds fardeaux.
- Lequel ? s'enquit Claude, étonné.
- Tu as d'un côté le mariage qu'il faut célébrer et la scolarité de ta femme de l'autre, et Dieu seul sait combien longue, lourde et pesante est cette dernière.
- Oui, en effet père ! répondit-il.
- Pour te faciliter la tâche, poursuivit son beau-père, je vais te demander de surseoir au mariage, de le proroger et d'accorder la priorité à la scolarité de ta femme qui, elle, demande plus de sacrifices et requiert plus de moyens.

Claude avait fondu en larmes, ému par d'aussi touchantes bontés. En effet, la célébration du mariage devait avoir lieu dans trois mois exactement, conformément à l'échéancier que sa famille avait apporté lorsqu'ils s'étaient retrouvés à Nkoussam pour offrir le premier vin.

Ainsi fut dit ainsi fut fait et Claude déploya toutes ses forces et tous les moyens dont il disposait pour assurer à sa bien- aimée une formation décente et à la hauteur de la noble institutrice qu'elle serait plus tard, titre par lequel on l'appelait et sous lequel on la reconnaissait déjà.

Il alla même jusqu'à demander à sa fiancée de suspendre tout traitement pour ne s'en tenir qu'à ses études. Et elle lui chantait son amour au fil des jours et des nuits, lui disant qu'il était le plus aimable des hommes, et que sa récompense ne saurait venir des hommes, mais de Dieu. Claude était ému, fasciné en même temps qu'il était troublé par tant d'éloges qu'il recevait chaque jour de ses beaux-parents et de sa fiancée.

De temps à autre, sa belle-mère s'amenait au logis et embarquait sa fiancée pour il ne sut jamais où. Elle ne voulut jamais lui en parler en dépit de toutes les démarches qu'il avait entreprises dans ce sens. Ce dont il était certain, c'était que la mère et la fille continuaient à faire la ronde des herboristes et qu'Élise prenait des potions chez elle en famille, puisqu'il lui en avait formellement interdit l'accès sous son toit.

Qu'un charlatan, maître dans la pratique d'un spiritisme abscons, eût pu avec force potions, décoctions ou infusions, éradiquer une dysménorrhée et rétablir un épanchement régulier, cela passait encore, quoiqu'il n'accordât pas le moindre crédit en leur pouvoir ; mais que l'un de ces illusionnistes prétendît, à l'aide d'un élixir ou d'une poudre de perlimpinpin de son invention résorber une aménorrhée, il fallait que l'on fût né de la dernière pluie pour le croire.

Là où la médecine moderne, avec tout ce qu'elle a de scientifique, de sophistiqué, de sûr et de probant a échoué, avait-il coutume de dire, ce n'est pas la médecine traditionnelle qui y réussirait.

À chaque fois que sa mère était venue l'embarquer, Élise exigeait que Claude lui donnât une forte somme d'argent pour les besoins de la cause et toujours, au moins une fois par mois, il lui en donnait, sans jamais rechigner. La preuve par a + b de leurs escapades du foyer pour des tournées chez les fétichistes lui fut apportée la dernière fois où, revenue au foyer après une absence de trois jours extra muros, une odeur nocive d'onguents s'exhalait de toute la personne de sa fiancée et embaumait l'air ambiant. Et le soir au coucher, il put apercevoir sur son corps des scarifications ainsi que des tatouages de part en part. Le pauvre n'en put croire ses yeux. Là c'était la goutte d'eau qui faisait déborder le vase.

– Jusqu'à quand continuerez-vous ta mère et toi à me prendre pour la cinquième roue du carrosse ? ragea-t-il.

Il était au faîte de l'ire. Puis, sans autre forme de procès, il l'avait empoignée et pour la première fois depuis qu'ils vivaient ensemble, l'avait rouée de coups, faisant sourdre dans ce pugilat tout ce qu'il contenait en lui de pressentiments, et tout ce qu'il considérait comme un acte de trahison ainsi qu'un manque d'honnêteté envers sa personne.

Cette nuit-là, il ne put dormir, convaincu que sa belle-mère, de concert avec sa fille, lui cachait une vérité cruelle, en même temps que toutes deux ourdissaient un complot monstrueux contre lui. Ainsi donc, toutes ces fortes sommes d'argent qu'elles lui extorquaient mensuellement servaient à engraisser des charlatans de tout poil pour des traitements fictifs. Cela devenait insupportable.

Mais une fois de plus, Élise put user de tous les subterfuges et de toutes les matoiseries dont les femmes sont fécondes pour rétablir la sérénité au foyer.Claude redevint le chien battu qu'il était devenu depuis un certain temps, plus soumis et plus idiot qu'il ne l'avait jamais été.

La première année se déroula sans ambages pour la jeune étudiante et elle se retrouva donc en deuxième année. Mais deux événements marquants survinrent au cours de cette période qui vinrent déstabiliser le calme apparent qui régnait au sein du ménage. Le premier de ces événements fut la mort du père de Claude. Le vieillard avait succombé à ses rhumatismes, à l'âge de quatre-vingt-huit ans. Tout le landernau traditionnel et religieux de Nkoussam et des environs était venu apporter au macchabée l'ultime hommage auquel il avait droit. Il avait laissé un testament dans lequel il faisait de Claude son héritier. Il demandait au Très-Haut d'étendre sa bénédiction sur ce fils dernier-né qu'il avait eu sur le tard et de combler sa bru de tous ses bienfaits. Il avait été enterré dans toute la pompe de sa gloire.

Le deuxième événement survint une nuit d'orage. Cette nuit-là donc, Élise qui avait eu tout le mal du monde à trouver le sommeil réveilla son fiancé et lui dit d'une voix monocorde et entrecoupée de longs sanglots :

- Claude, mon chéri, ma famille et moi te sommes infiniment reconnaissants pour tous les efforts que tu ne cesses de déployer pour faire de moi une femme digne et respectée de tous.

- Y a-t-il meilleure preuve d'amour qu'un homme puisse témoigner envers sa femme que celle de concourir à son bonheur ? l'interrompit-il, profondément ému.

- Non, mon chéri. Ce n'est pas cela. Écoute-moi, je t'en supplie ! lui dit-elle, les yeux larmoyants.

- Bon, d'accord. Je t'écoute !

- Toutes les dépenses auxquelles tu n'as cessé de souscrire, toutes les peines que tu te fais, et tous les soucis que tu éprouves pour que Dieu nous assure une bonne progéniture se sont avérés vains jusqu'à présent et me causent beaucoup de remords et de chagrins. Sous peu, tu auras trente-huit ans et moi vingt-six, et nous ne voyons rien venir. Voici donc ce que je te propose :

Claude avait écarquillé des yeux, s'était levé et s'était assis sur le lit, la mine hagarde, s'attendant à une nouvelle réconfortante. Puis elle poursuivit :

- Si tu peux aller dehors me faire un ou deux enfants, je serais la plus comblée des femmes et je pourrais leur assurer une bonne éducation.

Claude observa un très long silence, ne sachant que dire. C'était l'assaut final, le couperet. L'épée de Damoclès qui depuis fort longtemps était restée suspendue au-dessus de sa tête maintenant s'était abattue sur lui, de toutes ses forces.

Ainsi donc, cette jeune femme qui était couchée là auprès de lui, dans le lit conjugal, qui lui avait forcé la main au détriment d'Ornella qui, à présent, n'était plus qu'un lointain souvenir, cette jeune fille qu'il n'avait été contraint de prendre pour épouse que pour échapper au courroux des parents, cette fille qu'il n'avait appris à aimer que malgré lui, à contrecœur, cette femme qu'il aimait maintenant d'un amour intarissable, cette femme ne lui donnerait jamais d'enfants, à la fleur de l'âge, à peine née ?

Au bout d'un temps qui lui avait paru infiniment long, elle put briser le silence austère et très lourd qui régnait dans la chambre et lui demanda :

- Claude, qu'est-ce qui ne va pas ?

De sa voix la plus brisée et qui en disait long sur l'accablement dont il était en proie, Claude sortit de sa torpeur et de son profond ahurissement, et lui dit :

- Si je t'ai bien comprise, tu me demandes carrément d'aller commettre l'adultère. Tu me jettes en pâture dans les bras d'autres femmes pour rechercher auprès d'elles ce que tu ne peux me donner...
- Non, mon amour, interrompit-elle. Ce n'est pas cela. C'est tout simplement que le temps passe, que tu avances en âge et que je tarde tant à t'offrir cette merveille, à combler ce vide qui fait tant le bonheur d'un foyer, ce bien infini sans lequel le bonheur d'un ménage ne tient qu'à un fil.
- Arrête ! la coupa-t-il. Il ne nous revient pas à nous de combler le vide, mais à Dieu seul. Et il pourvoit à ce besoin quand le cœur lui en dit. Il peut même ne pas combler ce vide. Nous ne pouvons pas aller contre sa volonté. Donc je ne peux faire ce que tu me demandes de faire, à moins que tu aies de bonnes raisons pour me le recommander. Donc, arrête de te languir et de te

morfondre. Si telle est sa volonté de nous donner des enfants, Dieu nous en donnera.

Quand il eut cessé de parler, sa bien-aimée éclata en sanglots, émue par d'aussi touchantes paroles. Elle se pelotonna dans ses bras et Morphée vint les quérir. Mais elle ne dormit pas de toute cette nuit-là. De temps à autre, lorsque Claude s'éveillait, il voyait deux petits yeux braqués sur lui et qui le consumaient ardemment.

– Mais tu ne dors pas ! Pourquoi ? demanda-t-il, inquiet et de plus en plus bouleversé.

Elle ne répondait pas. Ses yeux soudain avaient pris un air mystique et ses lèvres charnues s'étaient mises à trembloter à la manière de quelqu'un qui se bat avec l'énergie du désespoir pour articuler un son, pour dire quelque chose, mais qu'une force intérieure rend aphone. Claude eut le pressentiment qu'Élise avait quelque chose à dire, quelque chose de terrible, de poignant, d'indicible. Mais elle ne dit rien, lui tourna le dos, préférant emporter avec elle dans son sommeil ce lourd secret de sa vie. Et là, elle s'endormit. Mais elle râlait plus qu'elle ne respirait. Soudain, sa respiration devint saccadée et Claude comprit qu'elle était sous l'emprise d'une forte émotion comme cela lui arrivait très souvent. Il la retourna sur le dos, entreprit de lui faire le bouche-à-bouche, conformément à une prescription connue d'elle seule. Soudain, le râle disparut, sa respiration se stabilisa et elle put enfin s'endormir.

Mais, lui, Claude ne put s'endormir cette nuit-là. C'était plus fort que lui. Il était comme un naufragé perdu sur une île déserte et qui attendait désespérément d'être secouru.

Soudain le coucou au mur du salon sonna quatre coups et les premiers muezzins au loin firent entendre leurs voix, débitant dans les mégaphones des mosquées leurs litanies habituelles.

CHAPITRE XV

Martha était à présent une bonne petite bringue de treize ans qui s'épanouissait en stature, en forme et en âge et qui filait tout droit son secondaire, sans tambour ni trompette. Jamais d'acte d'indiscipline ni d'écart de comportement, puisque son père ne fut jamais convoqué par l'administration du lycée. Elle passait en quatrième et faisait l'immense fierté de Claude qui l'aimait à présent d'un amour incommensurable. Il entrevoyait déjà pour elle une carrière prometteuse dans la médecine ou dans la magistrature.

Comme garde-malade, elle n'avait pas sa pareille pour prodiguer à sa grand-mère devenue grabataire depuis la mort de son tendre époux les meilleurs conseils ou l'entourer des meilleurs soins qui fussent. Quand sa tata, qui était devenue anxieuse, mélancolique et parfois d'humeur rébarbative, était alitée, du fait des fortes migraines qui la prenaient maintenant de plus en plus, c'était elle qui accourait à son chevet et l'entourait de toutes les affections et de toutes les tendresses, au point qu'elle lui arrachait de larges sourires de temps à autre.

C'était également elle qui, dans le quartier et au lycée, tranchait les litiges qui opposaient les jeunes filles de son âge. Et elle avait le don et l'art de le faire, avec une telle perspicacité que les différentes parties s'en tiraient toujours rabibochées. Ses camarades en étaient venues à la surnommer "L'avocate".

Elle savait, à présent que son intelligence s'émoussait au fil des ans, que sa tata avait de bien gros problèmes et qu'elle n'aurait pas son petit frère de si tôt. Pour combler ce vide, elle s'était fait acheter par son père une belle petite chatte à duvets blancs et qu'elle avait surnommée Mistigri. Et les soirs de vague à l'âme, elle la prenait maternellement dans ses bras menus et caressait de ses mains fines et douces la soie blanche de son beau pelage.

Mais quoique Claude fît des pieds et des mains pour que les choses allassent bon train chez lui, quoiqu'il mît du baume par-ci du réconfort par-là, quoiqu'il entourât son petit monde d'un amour que rien apparemment ne troublait, en dépit du cœur brisé et blasé qu'il avait suite à l'accablante situation de sa fiancée, une tragédie irréparable, poignante et déchirante se profilait à l'horizon, tragédie dont les signes avant-coureurs avaient été décelés près de cinq ans plus tôt, quelques mois après le début de leur idylle. Élise, âgée maintenant de vingt-six ans et presque au terme de sa formation à l'École normale d'instituteurs de l'enseignement général de Mambain, allait basculer de tout son être, corps et âme, dans une vie qui allait défier toutes les lois de la logique et échapper aux données réelles de l'entendement et de la raison.

Progressivement, ses humeurs se firent revanchardes et grincheuses, ses paroles devinrent plus fluides. Elle eut le verbe facile et se mit à placer des mots plus haut que d'autres ; ses égards devinrent moins obséquieux. Elle devint hautaine et, au moindre reproche que Claude lui faisait à présent, elle clamait son droit à bouche-que-veux-tu et lui objectait qu'elle ne faisait que ce qui lui plaisait et que dorénavant elle n'aurait plus de comptes à rendre à qui que ce fût, pas même à lui. Elle devint cancanière, ignoble et vile, distribuant à longueur de journée et sans compter des coups de pieds à Mistigri, rabrouant Martha à la plus petite incartade, en même temps qu'elle l'accablait de toutes les trivialités imaginables.

Ses sorties devinrent intempestives et ses heures de retour au cocon de plus en plus indues. Sortie aux premières lueurs de l'aube, elle ne retournait au foyer que fort tard dans la nuit. Et fourbue qu'elle était après une si longue journée passée il ne savait où, elle s'affalait dans le lit conjugal et s'endormait comme un loir.

Claude au début réfléchissait à se rompre la cervelle et puis mettait toutes ses sautes d'humeur sur le compte de la saturation et de la forte pression sous lesquelles ployait sa bien-aimée depuis qu'elle était étudiante. Mais les choses allaient de mal en pis. Leurs rencontres dans l'alcôve vinrent à se raréfier, les tendresses, les câlineries s'amenuisèrent et puis finalement disparurent. Claude commença par implorer tous les saints du ciel, puis s'en ouvrit à ses beaux-parents qui, une fois de plus, se recroquevillèrent dans leur antre, dans un silence qui lui parut à la fois coupable et complice. Ils lui répondirent comme un seul homme lorsqu'il s'en ouvrit à eux :

– Mais que veux-tu que nous fassions ? Cela vous regarde ! À vous de régler vos problèmes, Allez et arrangez-vous !

N'en pouvant plus et suivant les conseils de quelques bons amis à qui il s'était confié et qui chacun en ce qui le concernait lui avait fait miroiter le bonheur qu'on a à suivre Christ en temps de malheur et de troubles profonds, il se résolut à intégrer l'une des multiples églises réveillées qui foisonnaient dans la Cité des Arts, mais il pensa à Martha, trouva la chose lâche et abandonna ce projet.

Élise ne revenant pas à de meilleurs sentiments, son fiancé sombra pieds et poings liés dans l'alcool et la dépravation, se clochardisant chaque jour davantage, pour noyer ses soucis. Au plus fort de l'épouvante, la petite Martha alla secrètement quérir sa grand-mère qui accourut au logis conjugal en remuant ciel et terre. Elle tint aussitôt conseil, tint la bride haute à son coquin d'enfant de s'avilir et de s'encanailler de la sorte, au grand dam de la petite. Puis elle caressa sa bru dans le sens du poil, et lorsqu'elle n'en put rien tirer, elle lui fit de solides remontrances pour la rappeler à l'ordre. Puis elle disparut.

Le mauvais vent qui depuis plus de six mois soufflait sur ce ménage calmit. Claude avait arrêté de s'acoquiner et Élise semblait s'être assagie de ses va-et-vient intempestifs. Martha retrouva pour un peu la joie de vivre et Mistigri, pour fêter le retour à la normale que la maisonnée connaissait depuis peu, vint à chatonner, donnant à ses maîtres tout ce qu'elle avait de plus cher et de plus précieux : deux doux chatons que Martha surnomma aussitôt « Minus » et « Minos ».

Mais si Élise s'en était remise de ses humeurs, avait fait son deuil de sa langue fourchue et de son ignoble caractère, elle n'avait pour autant pas mis un terme à ses sorties intempestives ni à ses retours à des heures illicites.

Certains jours où il lui demandait d'où elle venait si tardivement, elle lui assenait, comme un coup de massue :

– Je sors de chez nous !

– À cette heure-ci ? lui demandait-il surpris.

– Je t'ai dit que je sortais de chez nous ; un point un trait ! donc laisse-moi tranquille !

– Souviens-toi au moins, lui rappelait-il, que chaque fois que nous nous sommes rendus toi et moi chez vous, tes parents nous ont toujours pratiquement mis à la porte la nuit venue. Souviens-toi également qu'ils nous ont toujours interdit les promenades nocturnes !

– Tu peux bien aller *les* demander si ça te chante ! lui répliquait-elle de la façon la plus insolente qui fût.

- Tu sais bien que je n'oserais le faire et que de toutes les façons, ils ne me diraient rien de bon.
- Qu'est-ce que tu veux dire par là ? s'emportait-elle. Insinuerais-tu que mes parents sont des menteurs ?
- Je n'ai pas dit cela ! Je n'ai rien dit d'autre que ce que tu sais.

Puis il s'enfermait presque toutes les nuits dans sa chambre et pleurait en se lamentant.

- Mon Dieu ! Seigneur ! Qu'ai-je fait pour mériter tout ceci ? De quoi suis-je coupable ? Seigneur mon Dieu ! Prenez pitié ! Aidez-moi ! Sauvez-moi, Seigneur ! Délivrez cette jeune femme des forces du mal !

En plus, son téléphone à elle ne cessait de sonner à longueur de jour comme de nuit, et elle lui en avait formellement interdit l'accès, sous quelque prétexte que ce fût, lui qui le lui en procurait pourtant et à qui elle demandait de décrocher chaque fois que cela avait sonné jadis, auparavant.

- Ah non ! C'est ton téléphone et pas le mien ! Donc c'est à toi de décrocher ! lui répondait-il toujours à chaque fois qu'au début, elle lui avait amoureusement intimé l'ordre de décrocher un appel qui avait sonné sur son portable à elle. Il en était même venu un soir à lui faire un brillant exposé sur l'usage du téléphone, lui montrant toute l'indécence et toute l'immoralité qu'il y a à décrocher un appel qui ne vous est pas destiné et sur un téléphone qui n'est pas vôtre.

À présent donc, il payait les frais de son exposé d'antan, sa fiancée s'étant résolue à mettre son téléphone sur le mode vibreur.

Un soir, il fut le témoin oculaire d'une scène stupéfiante qui, en même temps qu'elle acheva de l'accabler, le convainquit des liaisons coupables dont il soupçonnait fortement sa fiancée depuis peu. On était un bel après-midi de samedi. Il faisait un temps superbe. Élise était sous la douche, lorsque son téléphone posé au chevet du lit se mit à couiner si fort que Claude, agacé et troublé dans sa sieste, se rua sous la douche et le tendit à son propriétaire puis revint s'étaler. Mais pas une voix ne se faisait entendre. Ce n'étaient que des chuchotements et de légers murmures à peine perceptibles. De temps à autre, Élise s'esclaffait, s'émerveillait. Mais elle riait sous cape, de peur qu'il ne l'entendît. Puis elle sortit précipitamment de son bain, se para de petites coquetteries, passa une toilette flamboyante et quitta la chambre à pas feutrés. Mais elle avait dans son affolement omis d'emporter son téléphone avec elle. Claude ne s'en rendit compte que trente minutes plus tard, réveillé derechef par les couinements agaçants de l'appareil.

– Lisa, le téléphone pour toi.

– Elle est partie, papa ! lui lança Martha depuis sa chambre.

Ce fut en ce temps que Claude réalisa que sa fiancée avait quitté la concession.

Le téléphone ne cessait pas de couiner. Il s'en empara, mais ne le décrocha pas. Son attention fut toutefois attirée par le nom qui s'affichait sur l'écran : Mi Amor. Claude poussa la curiosité plus loin et entreprit de consulter le répertoire, et ce qu'il y vit figea tout son sang.

C'était un répertoire jonché des initiales comme : J.P, M.C, ou encore B.B, des noms monosyllabiques tels : Dé, Mao, Ben, des sobriquets : Shérif, Paquito ; des anglicismes tels My Boy, My Love, des hispanismes à l'instar de : Mi Amor, Antonio, Alino, et enfin des latinismes : Amore Mio…

En même temps qu'il était demeuré sans voix devant la découverte ainsi que la confirmation de l'infidélité de sa fiancée, Claude était horrifié, par sa parfaite connaissance de la littérature sentimentale. D'où avait-elle acquis tout cela en un rien de temps ? Étaient-ce des chaînes de télévision qui à longueur de jour et de nuit diffusaient des feuilletons d'amour, ou provenait-elle des multiples camaraderies qu'elle s'était faites à l'école de formation ?

Il avait toujours le téléphone sous la main lorsqu'il retentit d'une chanson salace et pleine de lubricité. C'était la sonnerie de la messagerie. Cette fois il ne put se retenir et défila la boîte aux lettres. C'était mi Amor, l'appelant de tantôt qui, lassée d'attendre son amante lui expédiait un texte furieux :*Où es-tu ma chatte ? Je tatand pour le grand combat.*

Claude comprit dès lors pourquoi Élise, depuis peu, s'éloignait de lui, le plus loin possible, à chaque fois qu'elle avait reçu un appel en sa présence, avant de décrocher. Il était en train de rassembler toutes les pièces du puzzle, quand Élise déboucha en trombe et lui arracha son téléphone des mains.

– Tu l'avais oublié en partant ! fit Claude, l'air serein.

– Comment as-tu osé toucher à mon téléphone ? rugit-elle, folle de rage. As-tu oublié la leçon que tu m'as faite jadis sur l'usage du téléphone ? As-tu oublié la leçon que tu m'avais donnée à propos du téléphone et de son usage à titre privé ?

– Non ! répondit-il. Et il poursuivit : ce n'était pas pour que tu me fasses cocu plus tard !

– Que veux-tu insinuer par là ? glapit-elle.

Comme toujours, elle n'avait pas compris où il voulait en venir.

– Je veux dire par là que tu me trompes ! lui rétorqua-t-il, les yeux ensauvagés et injectés de sang.

– Ainsi donc, s'emporta-t-elle, tu as pris mon téléphone et tu as osé le fouiller !

– Oui ! sale dévergondée ! hurla-t-il, ivre de rage.

«Pan !» une gifle partit, sonore et retentissante, assénée par elle, en même temps qu'elle lui sautait au cou, l'étreignant à l'étrangler et lui crachant au visage toute la flopée des trivialités et des mots crus dont sont riches tous les dialectes du monde et dont ils iront toujours s'enrichissant au fil des siècles.

Ça, c'était le Rubicon franchi. Depuis un certain temps, à chaque fois qu'il la tenait sur la sellette, c'était elle qui prenait les devants, des initiatives de pugilat ; c'était elle qui le titillait, le mettait sur sa défensive en lui assénant le premier coup. Mais toujours Claude savait faire montre de la plus grande retenue et affichait un caractère qui confinait à la flemme. Mais là, elle était presque en train de le tuer et il fallait qu'il se défendît, qu'il sauvât sa peau. Il la repoussa violemment et elle alla heurter son front contre le rebord du lit. Un mince filet de sang gicla et elle se mit à hurler de toute la force de ses poumons, ainsi qu'un cochon qu'on égorge.

Ce fut d'abord Martha qui s'éveilla par tant de bruits, sortit de sa chambre en coup de vent et accourut en pleurant dans la chambre de ses parents. Elle recula d'un pas, horrifiée par le tableau qui s'étalait devant elle. Sa mère gigotait dans son lit, agrippant d'une main le col du pyjama que Claude portait en même temps qu'elle sanglotait en criant :

– Tu vas me tuer aujourd'hui ! oui ! tue-moi !

Mais en bonne avocate dont elle développait de plus en plus les aptitudes et accoutumée aux jérémiades d'une maman dont elle en était venue à douter au fil des jours de la moralité et de la décence, la petite sut faire preuve d'un sang-froid imperturbable. Tout d'abord, elle arracha son père aux griffes de la tigresse en furie, en même temps qu'elle le sermonnait et lui coulait un regard complice dans lequel on eût pu lire toute la marque d'un profond débordement dont elle le savait en proie. Ensuite, elle entreprit d'apaiser le cœur en feu de sa tata, à l'aide de mots doux et quand l'orage fut passé, elle essaya de réconcilier les deux belligérants, quitta l'alcôve et rejoignit sa chambre.

Mais sur le pas de la porte centrale, déjà deux voisines se tenaient, ameutées par les hurlements nocturnes de la maîtresse des lieux. Martha leur déclara que ce n'était rien, que sa tata venait juste d'avoir un cauchemar et que c'était bien fini. Et les deux mégères s'en retournèrent, en tirant des pieds, pas du tout convaincues par les salades que la petite venait de leur débiter.

– Un jour, ça finira par mal tourner ! commentait l'une d'entre elles, s'adressant à sa congénère.

– C'est elle qui l'aura voulu, renchérit l'autre.

Déjà dans le quartier, les langues partout se déliaient, laissant libre cours à des commentaires :

– Un garçon si calme de nature pourtant !

– Qu'avait-il à envoyer sa femme à l'école ?

– Voilà où ça le mène ! pauvre de lui !

– Il a cherché, il a trouvé !

– Et pas un seul enfant depuis !

– Peut-être ne la prend-il pas bien !

– Et Martha ? Elle est tombée du ciel ?

– Elle n'est pas le fruit de leurs entrailles !

– Depuis même que sa femme sort tous les jours, il n'y a rien !

– Pauvre de lui ! Pauvre de lui !

Claude avait l'esprit en compote. C'était à en crever. Il ne se remettait pas de l'odieuse découverte du répertoire téléphonique. Quelques jours plus tard, affectant son air le plus débonnaire, il était revenu à la charge, tenant à finir l'entretien commencé cette nuit-là.

- Mais, dis-moi ! J.P, M.C, Mi Amor ! qui sont-ils pour toi ? Je t'en supplie ! dis-le-moi !
- Tu n'as pas confiance en moi ? lui demanda-t-elle, plus enjôleuse que jamais.
- Non ! rétorqua-t-il.
- Pourquoi ?
- Parce que ton répertoire est jonché d'initiales, de noms et de sobriquets d'emprunt qui sont les reflets de ton infidélité.
- Ah ! Claude ! comme tu peux être bête ! fit-elle. Comment peux-tu penser cela de moi ? Puis elle poursuivit : JP c'est pour Jean Paul ! MC pour Marie Claire ! En bref, beaucoup sont mes camarades de l'école, la plupart sont mes frères, mes sœurs mes cousins et cousines et d'autres les tiens. Comprends-tu maintenant ?
- Non, très chère ! À te dire vrai, je ne comprends rien à rien !fit-il navré. Et Mi Amor, et My Love, et Amore mio, qui sont-ils ?
- Je te l'ai dit ! Ce sont des connaissances à toi et à moi ! Tiens ! Tu peux vérifier ! dit-elle en lui tendant son téléphone. Elle savait qu'il ne le prendrait pas, que c'était peine perdue.
- Pourquoi t'éloignes-tu de moi à chaque fois que tu reçois un appel ? Pourquoi mets-tu ton téléphone sur le

mode vibreur depuis un certain temps et pourquoi réponds-tu et ris-tu sous cape à tes appelants ?
- Vieilles manies d'étudiants acquises à l'école, mon cher ! lui répondit-elle en s'esclaffant et avec un je-m'en-fichisme offensant. Et puis rappelle-toi tes propres mots : le téléphone est privé et les appels privés.
- Quoi ? explosa-t-il, hors de lui. Donc l'école vous apprend à faire vos maris cocus maintenant, ou à vous éloigner d'eux avant de décrocher vos appels, à les mettre sur vibreur, ou à remplacer des noms propres par des initiales, des sobriquets ou des mots qui puent l'infidélité à pleins poumons ? Il ne se retenait plus.
- C'est ça ce que l'école où je t'ai envoyée vous enseigne de nos jours ? C'est ça les enfants que j'attends de toi ? C'est ça ton amour pour moi ? C'est ça ton amour pour Martha ? C'est ça ma gratitude ?

Il ne put continuer.Un sanglot long et strident déchira le silence de la nuit noire. Il s'écroula de tout son long sur le sol du salon et pleura tant qu'il put, disant sa profonde misère et son chagrin corrosif. Puis il leva les bras au ciel, demandant au Bon Dieu ce qu'il avait fait pour mériter un tel traitement. Et les yeux bouffis par de grosses larmes, il se mit à genoux, fixa le Christ en croix dont le portrait pendait au mur et se lamenta en disant :

- Pourquoi, Seigneur ! Pourquoi ! Qu'ai-je fait pour subir un tel calvaire ?

Il avait perdu la raison et son anorexie ne décroissait pas. Il réfléchissait à se péter le crâne, se demandant comment une jeune fille dont il n'avait pas voulu de l'amour au départ, qu'il n'avait finalement consenti à prendre pour épouse que sur l'injonction de ses parents et qu'il se battait avec l'énergie du désespoir pour sortir de l'ombre en la modelant à son goût pouvait s'être lancée corps et âme dans une vie adultère à laquelle elle s'abandonnait, heureuse.

Était-ce une vengeance qu'elle assouvissait pour la fin de non-recevoir qu'il avait donnée à son amour autrefois, ou faisait-elle partie de cette génération de jeunes filles sans lendemain qui, lorsqu'elles ont pigeonné un homme et qu'elles ont trouvé leur compte auprès de lui, estiment que ce dernier ne vaut plus tripette, que leur amour se trouve dans les bras d'autres hommes plus valables, plus nantis ?

Puis il quitta le plancher du salon et s'affala sur le canapé ; les cheveux ébouriffés, les yeux tuméfiés d'avoir pleuré à n'en plus pouvoir.

Martha était absente. Il l'avait éloignée. Il lui déplaisait qu'elle fût affectée par ce drame qu'il vivait ni qu'elle ressentît le poids de son malheur. Il ne fallait pas qu'elle vécût ce drame poignant de sa vie. Elle était au village, aux côtés de grand-mère, qui ne se remettait toujours pas de la perte de son cher mari.

Et elle restait là, affalée dans un fauteuil, une main sur la joue, prostrée dans une attitude de profond accablement ; les yeux furetant dans cette maison où tout lui répugnait à présent, où elle avait le dégoût de tout, cette maison qu'elle quittait aux premières heures de l'aube pour il ne sut jamais où et qu'elle ne réintégrait qu'au plus fort de la nuit, malgré elle, à contrecœur. Mais quoiqu'elle n'exprimât pas le moindre remords ni ne parût reconnaître sa culpabilité dans le désastre et le chaos qui régnaient à présent, Claude la sentit pour la première fois prise de pitié pour lui. Elle le fixait avec des yeux éplorés, la mine hagarde et presque suppliante. Elle dardait sur sa pauvre personne un regard de commisération.

Oui, Claude était pitoyable et triste. Il était triste d'aimer, triste de vivre, triste de tout. La vie était devenue pour lui une vallée de larmes, une horreur. Il fallait en finir avec cette vie de chien où l'homme souffre à mourir et meurt sans avoir vécu, coupable d'aimer, victime de son amour. Il avait donné un amour pur et il vivait un amour empoisonné.

Soudain, il pensa à Martha et les sanglots lui revinrent. Il se prit la tête dans les mains, les yeux bouffis et rivés au sol et dans un lamento sans fin, il s'écria, implorant :

– Non ! Mon Dieu ? Éloignez de moi de telles pensées ! Aidez- moi à tenir.

Puis il quitta le salon et d'un pas lourd et traînard, pénétra dans la chambre de la petite, ferma la porte à double tour se coucha et s'endormit, abandonnant là cette pécheresse, dans ce salon de malheur où tout à présent lui paraissait drapé d'une tristesse infinie.

CHAPITRE XVI

À la nouvelle rentrée académique, Élise se retrouva en troisième année à l'École normale des instituteurs de l'enseignement général de Mambain. Elle manifestait un enthousiasme débordant et une détermination farouche à en découdre définitivement avec cette satanée école et ces pets-de-loup de professeurs aux voix grognonnes et aux programmes démesurément fleuves. Jamais on ne la vit au comble de l'euphorie. Elle caressait déjà le rêve d'une vie en rose. Elle entrevoyait une carrière douillette dans la fonction publique avec à la clé un coquet revenu mensuel grâce auquel elle mènerait grand train. Déjà elle échafaudait au fil des jours mille châteaux en Espagne, promettait ciel et terre à ce bon mari qui lui avait tout donné, gavait Martha de mille rêves, la comblait de tous les vœux et de tous les désirs imaginables. Cette année-là aussi, elle se résolut à mettre un peu d'eau dans son vin, se fit toute petite et devint plus soumise que jamais. Elle redevint la jeune fille docile et dévouée qu'elle avait été jadis. Même les chats dont la seule vue lui répugnait autrefois en étaient venus à trouver auprès d'elle toute la tendresse et toute la douceur dont ont besoin ces êtres si frêles et si affectueux. Elle les prenait dans ses bras, les berçait contre elle, caressait leur beau pelage et leur faisait toutes les douceurs possibles. Un air de gaieté régnait à présent dans cette maison. Tout rayonnait de bonheur et de joie de vivre.

Mais si Claude semblait avoir retrouvé pour un tantinet de sa superbe, s'il était devenu de moins en moins neurasthénique, si l'anorexie paraissait n'avoir plus raison de lui, s'il ne jetait plus sur les êtres et les objets un regard triste et pauvre, si on ne lui sentait plus le même accablement ni le même dégoût de la vie, il n'était pas tranquille pour autant. Ce revirement, ce retour à la normale, cette volte-face subie, ce manteau neuf dont sa fiancée semblait s'être parée depuis peu, tout cela lui paraissait factice, bien factice. Elle avait bu à la coupe de l'adultère, un adultère dont une femme ne s'en sort ni ne s'en remet jamais. Ne faisait-il pas partie des sept péchés capitaux, un péché dont on ne se remet que par la mort ? « Qui a bu boira », avait-il coutume de se dire pour se convaincre qu'elle n'y renoncerait plus au grand jamais. Oui ! Élise était entrée dans l'ornière et avait goûté au fruit de l'un des plus grands péchés qui soient.

Elle avait beau faire peau neuve, revenir tout entière à lui, se consacrer corps et âme à sa misérable personne, normaliser son répertoire téléphonique, ne plus s'éloigner de lui d'un iota au moindre appel reçu, renoncer à communiquer et à rire sous cape, elle eut beau marquer une trêve à ses sorties et à ses retours folâtres, le gaver de mille tendresses et de mille promesses, se démener autant qu'elle put pour redevenir la douce et tendre fiancée qu'elle avait été jadis, au commencement de leur idylle, aux yeux de Claude, tout cela n'était que de la bouillie pour les chats et pour les chiens, de l'eau bénite de cour.

Et pourtant, il s'en formalisa, pas pour lui, mais pour le bonheur et l'équilibre de Martha qui était à présent en classe de troisième et qui avait son brevet d'études à préparer. Et elle le préparait avec un tel engouement et un tel acharnement que son père en vint à redouter qu'elle ne sombrât dans la dépression.

Sur le chemin de la rédemption, la pécheresse fit tant et si bien que par une nuit de pleine lune, alors que Claude était assis sous l'auvent de la véranda en train de fumer de continuelles cigarettes, les yeux perdus dans le lointain de l'horizon, elle vint se nicher dans ses bras, planta ses yeux dans les siens et lui dit avec une voix dans laquelle elle semblait avoir mis toute la langueur possible :

– Mon chéri ! tu ne vas jamais y croire.

– Quoi donc ? fit-il, un peu troublé et nerveux en même temps.

– Je suis enceinte, mon ange ! dit-elle, le fixant droit dans les yeux comme pour y quêter une réaction.

Mais le visage de Claude demeurait impassible et un tic plissa les commissures de ses lèvres, sans qu'il ne plaçât le moindre mot. Au bout d'un temps, il sortit de son mutisme et lui demanda presque avec hilarité :

– C'est une blague ou quoi ?

– Je te dis que je suis enceinte ! répliqua-t-elle.

– Comment est-ce possible que tu sois enceinte ? continua-t-il au bord de la tension, puis il explosa.

– Tu me prends pour un abonné ou quoi ? Tu n'as pas de flux depuis qu'on est ensemble et tu prétends être enceinte ?

Elle ne lui parlait plus. Ce n'était pas la première fois. C'était la même ritournelle à chaque fois que la paix semblait avoir été conquise. Une fois, elle lui avait fait palper ses seins pleins à craquer comme deux outres, durs et fermes. Une autre fois, ce furent ses formes et ses rondeurs qui s'épanouissaient au fur et à mesure qu'elle prenait de l'âge et qu'elle lui avait brandies comme des signes manifestes, des pièces à conviction d'une grossesse certaine. Et toujours il avait ri, du rire le plus narquois qui fût. Et maintenant, qu'allait-elle brandir ? Et pour qui le prenait-elle à la fin ? Il fallait qu'elle fût bête à manger du foin pour le harceler de croire à ses fariboles. Bien sûr que le désir d'avoir un enfant avait tourné en obsession chez lui et qu'il en était même désespéré. Mais de là à lui faire prendre des vessies pour des lanternes, on n'avait pas idée ! Elle poursuivit :

– Je n'ai plus ressenti les douleurs qui annoncent les…..

– Arrête ! veux-tu ? la coupa-t-il, plus tendu que jamais. Tu sais bien que chez toi, le fait de ne plus ressentir la moindre douleur ne veut absolument rien dire ! Puis il s'était levé et avait regagné sa chambre.

Claude savait sa fiancée naïve, d'une naïveté d'autant plus légendaire qu'une de ses belles-sœurs lui en avait fait part à l'aube de leur idylle. Il savait qu'avec le temps, cela lui passerait, que sa douce et tendre fiancée grandirait en esprit, en intelligence et en discernement. Mais que six ans plus tard, et rompue aux sciences de la puériculture, de la fécondation et de la maternité, sciences toutes apprises dans une École de formation d'où elle sortirait non plus pour apprendre, mais pour transmettre par l'enseignement à de jeunes générations d'enfants ces mêmes notions qu'elle avait apprises, qu'avec ce lourd et précieux héritage culturel dont elle était nantie à présent, elle prétendît de par le sérieux et la sérénité avec lesquels elle annonçait la nouvelle - ignorer toutes les étapes et tous les rouages de la pré-fécondation - remettait fortement en cause la vocation de l'enseignante à laquelle il l'avait destinée.

Lorsqu'elle retourna dans la chambre, Claude qui s'y trouvait déjà lui demanda avec une douceur feinte :

– Élise, dis-moi, je t'en supplie, à quand remontent tes derniers flux ?

– Je ne me rappelle plus, chéri ! fit-elle.

– Arrête de m'appeler ainsi, veux-tu ? s'emporta-t-il.

– Pourquoi ? lui demanda-t-elle.

– Tu m'énerves !

– Pourquoi ?

– Ce sont des faits qui font date dans l'histoire d'une vie ! lui répliqua-t-il, de plus en plus tendu. On ne peut pas être une jeune fille ou une jeune femme et ne pas savoir si on est enceinte ou pas, ou bien ignorer ses périodes de menstrues, etc. C'est comme ignorer sa date de naissance ou de baptême ou de je ne sais plus quoi !

Et comme toujours, ils se séparaient en queue de poisson.

Elle préférait se taire, faisant mystère de son état et créant un flou incompréhensible autour de sa situation.

Trois mois plus tard, elle soutint son mémoire de fin de formation. Son fiancé organisa à l'occasion une grande réception à laquelle fut conviée toute sa belle-famille. L'on se retrouva donc Rue des Palmiers pour fêter l'heureux évènement. Son beau-père prononça à l'occasion un discours retentissant :

« Mesdames, mesdemoiselles et messieurs, honorable assistance, bonsoir !

Permettez-moi de prendre la parole devant vous au nom de Claude qui est, non mon beau-fils, mais plutôt mon fils comme le veut la tradition, pour vous souhaiter à toutes et à tous une chaleureuse bienvenue dans cette concession ». Puis, dans une magnifique envolée, il attaqua le vif du sujet :

« Ils sont bien révolus les temps où jadis, après quelques jours, quelques semaines, quelques mois de vie commune, un homme décidait sur un coup de tête, sous le prétexte fallacieux qu'elle était incapable de lui assurer une descendance, de se débarrasser de sa conjointe ».

Il marqua un temps d'arrêt, ôta son lorgnon de ses yeux bouffis par les ans, scruta l'assistance d'un œil sévère, pointa sur le couple à l'honneur ce jour-là et planté au beau milieu de la salle un doigt boudiné, puis poursuivit :

« Claude et Élise nous ont réunis ce soir sous leur toit non pas pour se brouiller du fait de n'avoir pas eu d'enfants après près de six ans de vie commune, conscients tous les deux que c'est à Dieu et à lui seul que reviennent le pouvoir et la force d'assurer une descendance dans un ménage, mais plutôt pour raffermir davantage les liens de leur amour ».

Un long murmure parcourut l'assistance qui, soudain, battit frénétiquement des mains. Et lorsqu'elle se fut calmée, l'orateur poursuivit :

« Il aurait pu se croiser les bras dans l'attitude d'un époux désespéré. Rongé par le chagrin et obsédé par l'absence d'une progéniture, il aurait pu se hausser les épaules en se disant : « A quoi bon et pourquoi me donner tant de peines ? », abandonnant ainsi sa femme à son sort de pauvre fille sans diplôme et sans emploi. Non ! Il ne l'a pas fait. Il a préféré la façonner à son goût. Il en a fait une femme digne et respectée de tous. Aujourd'hui, Élise reçoit le baptême de feu en entrant dans la galerie des femmes dynamiques par le précieux titre de « d'Institutrice » ».

Parvenu à ce niveau de son discours, l'orateur marqua une fois de plus une longue trêve, enfouit une main dans la poche de sa tunique, en ramena un mouchoir à l'aide duquel il se tamponna les yeux, remit son lorgnon et d'une voix lyrique, il acheva son discours en martelant ces mots :

« Que cette noble leçon d'abnégation et de sacrifice de soi pour le bien-être de celle ou de celui qu'on aime, que cette leçon d'endurance et de persévérance vous soit transmise à vous tous ici présents ce soir et ce, de génération en génération. Je vous remercie ».

L'assistance n'attendit pas la fin du discours. Elle tapait des mains, poussait des hourras, trépignait des pieds, c'était l'hystérie collective.

Claude et Élise s'étaient rassis, muets d'émotion, les yeux ruisselants de larmes.

Ce fut au tour du pasteur invité à prendre la parole ce soir-là pour bénir l'évènement. Et lorsqu'il remonta aux temps génésiaques de l'univers, l'assistance demeura pétrifiée, comme traversée par une onde électrique. Il raconta l'histoire du patriarche Abraham et de sa femme Sara qui eurent leur premier mioche lorsque celle-ci avait atteint quatre-vingt-dix ans d'âge et dit que c'était la plus belle page d'amour que l'humanité eût jamais connue. Puis il fustigea la jeunesse d'aujourd'hui, friande de progéniture et avide de vains plaisirs, en même temps qu'il leur recommandait de suivre l'exemple de Claude qui ne s'était ni découragé ni lassé d'attendre ce cadeau du ciel. Puis il bénit le repas et les agapes commencèrent. Il y avait à manger et à boire à satiété. Partout, des tablées de ripailleurs furent constituées. La fête se poursuivit jusqu'à l'aube au rythme de musiques et de danses diverses. Après que les derniers fêtards se soient retirés, Claude et Élise rejoignirent leur chambre où ils s'endormirent profondément, bercés par le vent frisquet qui soufflait au-dehors et les chants des rossignols sur les branches des végétations.

CHAPITRE XVII

Le lendemain qui suivit la réception donnée en son honneur au domicile conjugal, Élise passa en revue toutes les chaumières de Nsamtouen. Quelle ne fut pas sa surprise d'entendre de toutes les lèvres qui la saluaient son nom précédé à présent du noble titre d' « Institutrice ». Hommes et femmes, jeunes et vieux, partout lui donnaient de « l'Institutrice ». Elle comprit combien ces petits titres de devant sont précieux pour une femme. Ils l'enguirlandaient, la protégeaient, la mettaient en sécurité, à l'abri des contacts humains trop directs et trop chaleureux. Elle se sentait devenue une autre personne. Elle était crainte, respectée, honorée et révérée de tous. Elle n'était ni ne serait plus la même.

Mais au lieu qu'elle prît ce noble titre dont on auréolait son nom comme une reconnaissance de la forte personnalité que les gens lui témoignaient à présent, au lieu qu'elle considérât cette marque de respect comme l'expression de l'estime, de l'affection et de l'amour qu'on lui portait partout, elle en conçut une bien triste jactance qui allait lui être fatale par la suite.

Elle se piqua d'orgueil, devint discourtoise, hautaine et babillarde vis-à-vis des femmes de son âge et des mégères du quartier, leur adressant rarement la parole, et leur rendant arrogamment leur bonjour quand le cœur lui en disait. Être devenue « Institutrice » lui avait tourné la tête. Sur la place du marché, les gens avaient peine à la reconnaître. Lui tendait-on la main pour la saluer, elle vous la séchait carrément, prétextant dès lors qu'il n'était pas bienséant de serrer la main des inconnus. En fait, elle voyait dans ces mains tendues et ces regards attentionnés une atteinte à sa personnalité en même temps qu'un attentat contre sa vie.

L'on informa Claude qui lui toucha aussitôt deux mots :
- Tu es mal fichue ! Tiens-toi à carreau !
- Allez tous au diable ! lui lança-t-elle.

Tous les efforts de l'homme pour que sa fiancée comprît qu'elle était sur une mauvaise pente s'en allèrent en eau de boudin. Il n'en fut pas jusqu'à lui qui ne subît les frasques de son orgueil. Ce n'était plus la jeune fille des premiers temps, vaquant contre le gré de cet homme aux occupations de sa maison, lui mitonnant de bons petits plats, cirant le parquet de son domicile et veillant à sa lingerie avec un acharnement et une docilité qui confinaient à la servitude. Elle en vint un soir à lui rétorquer, après qu'il l'eut rappelée à ses obligations ménagères :

- Je ne suis pas ton esclave ! à quoi sert Martha ?
- Mais je n'ai pas épousé Martha ! lui répondit-il, écarquillant des yeux, profondément ahuri.
- Eh bien ! Prends- en une autre ! Ou prends une bonne !

Une fois de plus, le jeune homme s'en alla se plaindre auprès de ses beaux-parents qui lui promirent cette fois qu'ils allaient y veiller fermement et qu'il n'avait pas à s'en faire outre mesure. Mais une fois de plus, ils donnèrent leur langue au chat. Leur fille renoua avec ses sorties qui devinrent plus intempestives et ses retours plus tardifs qu'autrefois. Sa vie ne fut plus qu'un tissu de mensonges.

Une nuit de grosse averse, elle ne rentra pas. Claude était fou de rage et Martha très soucieuse. Toute la soirée, il l'avait appelée sur son téléphone, celui-ci ne sonnait pas. Par deux fois, il s'était rendu dans sa belle-famille où on lui avait dit ne l'avoir pas vue de toute la journée. Il se rendit à la maison de la radio et ensuite au poste de police pour déclarer la disparition de sa bien-aimée. Le commissaire lui demanda d'attendre qu'il fît jour. Il retourna chez lui où il vit Martha écumant de pleurs. La nuit était fort avancée. Il la consola et ils regagnèrent chacun sa chambre. Le lendemain vers dix heures, Élise revint au cocon. Claude et Martha étaient assis sous la véranda, profondément atterrés.

- D'où viens-tu ? lui demanda-t-il, abasourdi.
- J'étais à Nkounja, la pluie m'y a trouvée et j'ai préféré y passer la nuit ! répondit-elle, tendant une écaille à Martha.
- Chez qui ? s'enquit-il au plus fort de la colère. Une lueur criminelle ensauvageait ses yeux bouffis par l'insomnie.
- Mais chez ma sœur Bertine !
- Sais-tu quel sang de chien tu nous as flanqué à Martha et à moi ?
- Pourquoi ? demanda-t-elle.
- Pourquoi ? Pourquoi ? répliqua-t-il. Puis il bondit sur elle et la bourra de coups. Elle s'écroula sur le plancher en criant de toute la force de ses poumons. Il en avait sa claque. Tout en la rouant de coups, il lui crachait son venin.
- Ce n'est pas assez de quitter la maison de bonne heure pour n'y revenir que fort tard dans la nuit ! Madame s'offre à présent le luxe de découcher ! Tu vas passer la nuit je ne sais où ni avec qui ! Et quand tu as fini de te prélasser dans tes beaux draps et que tu as dormi princièrement ta grasse matinée, madame retourne crânement chez elle me raconter des balivernes ! Tu vas

me dire aujourd'hui, ici et maintenant, espèce de dévergondée, où tu vas tous les jours, sinon je ne répondrai plus de moi. Et les coups de poing pleuvaient et les cris redoublaient.

– C'est ça que tu enseignes à ma fille ? C'est ça les enfants que tu m'as donnés ? C'est comme ça que tu me remercies ? C'est cela le mariage ? C'est ça ? C'est ça ? Plus elle criait, plus la colère de Claude s'enflammait.

Martha sortit de sa chambre, affolée, en pleurs. Lorsque son père la vit, sa rage tomba d'un coup. Elle vint soulever sa mère du sol et la conduisit dans sa chambre. Elle ne tarissait pas de pleurs. Claude sombra quelques jours plus tard dans la dépression et fit venir sa mère. Il n'en pouvait plus, c'était plus fort que lui. La pauvre octogénaire une fois de plus quitta son grabat et accourut au chevet de son fils qui lui narra l'objet de la discorde entre sa fiancée et lui. Cette fois-ci, la vieille n'y alla pas de main morte. Elle fulminait contre sa bru, lui déversant toute sa bile, et lui montra combien c'était immoral, malsain et odieux pour une femme mariée, et qui plus était pour une jeune fille qui était destinée à l'éducation des jeunes confiés plus tard à ses soins. Puis sans passer par quatre chemins, elle termina en disant :

– Ma fille, quel déshonneur et quelle honte tu nous fais là à tes parents et à moi ! Ignores-tu toutes les peines que nous nous sommes données pour vous marier l'un à l'autre ? Puis se tournant vers son fils, elle lui dit sentencieuse :

– Si vous ne pouvez plus vivre ensemble, vous supporter mutuellement, vous aimer l'un l'autre, si vous ne pouvez plus regarder dans la même direction, alors séparez-vous le plus tôt possible et qu'on n'en parle plus.

À l'ouïe du mot *séparer*, Élise fronça ses sourcils et darda sur sa belle-mère un regard venimeux.

– Oh ! Oui, grand-mère ! lança Martha depuis la chambre où elle était entrée se réfugier, toujours en larmes.

– Voyez où elle en est à présent, la petite ! À souffrir de vos turpitudes ! fit la vieillarde, plus à l'endroit de la bru que du fils, quoiqu'elle feignît de parler à tous deux ; puis, elle se leva, appuyée sur sa canne et navrée comme elle était, elle mit les pieds au-dehors, bien décidée à ne plus jamais retourner dans cette maison où elle ne venait plus que pour rabibocher deux jouvenceaux qui, à peine unis, ne s'entendaient plus.

Pour Claude, c'était plus qu'il n'en fallait. Il en avait ras-le-bol ! Il fallait que l'on se séparât, qu'elle allât continuer à nager dans les passions de la vie, à puiser le bonheur dans le crime de l'adultère, et qu'elle s'y complût autant qu'elle le pouvait.

Mais il lui fallait établir des faits, passer certaines informations au crible, amonceler des alibis, avoir toutes les vérités de son côté, afin de brandir en temps opportun toutes les cartes susceptibles de justifier cette rupture imminente et qu'il souhaitait à présent de tous ses vœux.

Et comme sa fiancée avait depuis un certain temps le mensonge au bout des lèvres, il ne prit pas sa version de la nuit passée chez sa sœur pour argent comptant. Aussi tint-il à y voir plus clair. Il appela au téléphone sa belle-sœur et lui tendit un guet-apens dans lequel elle tomba comme une cruche. Il comprit donc que sa gourgandine de femme avait menti une fois de plus. Oui, elle était allée se prélasser toute la nuit dans les bras d'un goujat en prenant bien soin d'éteindre son téléphone, de peur qu'il ne troublât leurs noces. C'était le premier brandon d'une rupture largement justifiée.

Il composa quelques numéros de son louche répertoire téléphonique, numéros qu'il avait pris le plus grand soin de relever furtivement. Aucun de ces numéros ne s'avéra être celui d'un de ses frères ou d'une de ses sœurs à elle ni à lui. C'étaient les numéros de ses amants. Pour Claude, cela suffisait. Mais il persévéra dans ses prospections. Le plus gros restait à venir.

Un soir, il fut l'hôte et l'amphitryon d'un mystérieux visiteur qu'Élise s'empressa de présenter comme son camarade à l'E.N.I.E.G et comme son cousin à lui, Claude.

– Mon cousin ? Comment se fait-il que je ne connaisse pas ce cousin alors que je connais tous les autres ? Et pourquoi c'est toi qui me le présentes ?

Il n'obtint aucune réponse.

Quoi qu'il en soit, repartit-il de son air le plus affable et le plus hospitalier, je te souhaite la bienvenue chez moi, cher cousin…

– Faustin ! compléta-t-elle, très animée.

– Ah Faustin ! répéta Claude, très affable.

Ce cousin multiplia ses visites au foyer, mais c'était toujours en l'absence du maître de maison. Il remarqua par ailleurs que sa femme et ce mystérieux cousin entretenaient au fil des jours de très longues correspondances téléphoniques. Jamais il ne l'appelait, lui, son cousin. Et à chaque fois qu'il avait appelé Élise, la première question qu'il lui posait était de savoir si Claude était là.

– Mais ce cousin ! Il ne m'appelle jamais ! Voyons ! fit-il un soir, intrigué par cette correspondance nourrie. Pourquoi t'appelle-t-il tant et que traficotez-vous ?

– Quelle question me poses-tu là ? lui objecta-t-elle.

- Ces appels commencent à me taper sur le système ! dit-il nerveux.
- Que vas-tu soupçonner là, Claude ? Ne serais-tu pas jaloux par hasard ? demanda-t-elle.
- Où était ce cousin depuis ? Qu'attendait-il pour se présenter, pourquoi surgit-il bien des années plus tard dans notre foyer et pourquoi te harcèle-t-il tant ?

Quand elle eut répondu tant bien que mal à toutes ces interrogations, Claude, pas convaincu d'un iota, hocha la tête en signe de doute. Elle mentait comme le diable. Soudain, il explosa :

- Mon Dieu ! Pourquoi me suis-je marié ? Pourquoi ? Pourquoi ?

La situation devenait implosive. Un voile noir traversa le bleu de ses yeux. Toute la tristesse de son existence lui vint. Il se voyait à quarante ans pauvre et dépourvu de tout : pas d'enfants, pas d'amour, pas de bonheur. Et pourtant sur l'ordre de ses parents, il avait pris cette jeune fille, contre son gré, une fille très jeune, pleine de vie et qui suscitait tous les espoirs. Et voilà où il en était à présent. Elle était là tous les jours, à lui pourrir l'existence, à se marrer de lui. Et voilà qu'elle devenait à présent une gourgandine, une gueuse qui lui faisait voir des vertes et des pas mûres, sans que rien ne justifiât apparemment cet appétit, ce penchant vicieux pour l'adultère.Ah !Elle lui en faisait voir de toutes les couleurs, lui qui lui avait presque tout donné, un titre et un rang, voilà ce qu'elle lui donnait en retour : la honte et le déshonneur. Il voyait le mal venir, et en homme très prudent et averti, il s'était résolu à le fuir comme la peste. Il ne fallait pas qu'il se retrouvât un jour en cour d'assises, au banc des assassins, d'avoir fait un malheur, lui qui n'avait jamais tué une mouche.

CHAPITRE XVIII

Trois mois avaient passé depuis qu'Élise avait soutenu son mémoire de fin de formation à l'École normale d'instituteurs de l'enseignement général de Mambain. À présent, elle allait recevoir solennellement son parchemin de sortie, le Certificat d'aptitudes professionnelles des instituteurs de l'enseignement maternel et primaire. Toute sa personne irradiait le bonheur et la joie de vivre, une vie qu'elle croquait à belles dents, et dans laquelle elle puisait toutes les jouissances et toutes les roses. Martha n'était pas moins heureuse. Elle avait obtenu son brevet d'études en même temps qu'elle avait réussi à l'entrée en classe de seconde, à la plus grande joie de son père. Une sérénité et une paix profonde l'habitaient, à présent qu'il avait pris l'irréversible décision de se brouiller d'avec sa fiancée. Quoi qu'elle fît dorénavant, qu'elle rît ou qu'elle pleurât, il avait décidé en son cœur de s'en détourner complètement. Oui, le cœur n'y était plus, et c'était à peine s'il lui adressait la moindre parole ou répondait à la plus petite de ses questions.

Mais au fond de lui, Claude n'était pas tranquille. Un souci constant lui taraudait l'esprit qui suscitait mille et une questions : comment une jeune fille, prise presque pucelle à l'âge de vingt et un ans, n'était-elle pas parvenue à lui faire d'enfants après sept longues années de vie conjugale ? Comment était-ce possible, malgré toutes ces potions dont elle n'avait cessé de se bourrer pendant longtemps, qu'il n'y eût aucun changement ? Pourquoi toutes les analyses médicales faites jusqu'à présent ne révélaient-elles rien ? De quelle pathologie invisible et par conséquent incurable souffrait-elle ? Que lui cachait-elle et pourquoi ne voulait-elle rien lui dire puisque Claude était convaincu qu'elle lui cachait quelque chose ?Puis il s'était souvenu de la fameuse nuit où, passée à se tourner et à se retourner sans cesse dans le lit, elle lui avait demandé d'aller faire des enfants dehors avec une voix presque suppliante. Il se souvint aussi que tout récemment, elle lui avait cette fois craché au visage en lui disant de prendre une autre femme et de lui ficher la paix. Il réfléchissait à tout cela dans un calme olympien. Puis il décida de l'amener en consultation chez un grand ami de la famille qui, plusieurs fois auparavant, lui avait demandé de lui envoyer sa fiancée en consultation. C'était un gynécologue à la réputation solidement établie pour la qualité de ses soins

- Que dirais-tu si nous allions passer quelques jours à Ma'pare ? lui demanda-t-il, lorsqu'il l'eut rejointe dans la chambre.

C'était dans le septentrion.

- Pour quoi faire ?lui retourna-t-elle, fort étonnée de ce sursaut d'intérêt qu'il manifestait pour sa personne.
- Histoire de changer d'air et de se détendre un peu.
- Pourquoi as-tu choisi Ma'pare et non Makouop ? s'enquit-elle de plus en plus étonnée.
- Parce que nous n'y avons jamais été, toi et moi, tandis que Makouop, nous la connaissons mieux que le fond de nos poches.
- Bon, soit ! acquiesça-t-elle, apparemment malgré elle.

Et un mois plus tard, après qu'elle eut reçu son diplôme de sortie de l'école, ils prirent le train à destination du septentrion. Ce fut une fois arrivé tous les deux chez cet ami de la famille qu'elle réalisa pourquoi Claude avait choisi cette destination. C'était la première fois qu'il lui tenait compagnie depuis qu'il l'envoyait en consultation chez les gynécologues. Il avait tenu cette fois à vérifier les choses de visu.

Quand elle se fut aperçue de la supercherie, elle en fut très inquiète et profondément affectée. Claude ne comprit pas ce changement soudain d'humeur, elle qui, durant tout le long voyage, s'était extasiée devant la beauté du paysage qu'elle avait trouvé mirifique et unique au monde.

- Qu'est-ce qui ne va pas, Lisa ? lui demanda-t-il.
- Non... Il n'y a rien ! répondit-elle, les bras croisés et visiblement en proie à de profonds soucis.
- Non ! Quelque chose cloche en toi ! Tu me parais bien anxieuse. Dis-moi ce qui ne va pas ! lui intima-t-il.
- C'est ton ami ! lui répondit-elle.
- Qu'est-ce qu'il a fait, mon ami ? s'enquit-il à brûle-pourpoint, les yeux hagards, dans l'attitude d'un homme qui s'attend à une bien triste nouvelle.
- Nous avons bavardé lui et moi, hier soir, alors que tu étais allé faire un tour, répondit-elle, ses paupières battant nerveusement. Claude l'observait attentivement. Quelque chose bouillait en elle.
- De quoi ? demanda-t-il avec empressement. Il lui répugnait qu'on le tînt en haleine et elle avait cette manie de prendre tout son temps et d'adopter son air le plus cérémonieux avant de lui dire des choses dont l'annonce requérait de la promptitude, comme si elle cherchait des mots qui tardaient à venir pour le dire.
- Il m'a parlé de la grossesse, d'enfants et d'examens médicaux.
- Mais ! quoi de plus normal, ma belle ! fit-il. De quoi d'autre aurais-tu aimé qu'il te parle ? C'est plutôt bien,

non ? Il ne comprenait toujours pas d'où lui venait cette anxiété.

– Je sais depuis hier que c'est là la raison pour laquelle nous avons entrepris ce long périple, dit-elle, profondément troublée.

– Je n'arrive toujours pas à comprendre pourquoi tu es si soucieuse en même temps qu'angoissée ! lui dit-il, puis il poursuivit : Il me paraît pourtant clair que c'est sur la base d'un diagnostic bien précis et confronté à ceux que d'autres médecins ont déjà posés que nous pourrons identifier les causes exactes de ta pathologie afin d'y remédier, à moins que tu ne veuilles pas faire d'enfants.

Quand elle entendit cette dernière phrase, Élise leva sur Claude des yeux larmoyants. C'était à n'y rien comprendre. Il était effaré, presque perdu, et définitivement convaincu que sa fiancée avait un bien gros problème qu'elle tenait à ce qu'il ne le sût pas. Il avait usé de tous les subterfuges possibles pour qu'elle se confiât à lui, mais toujours il avait fait chou blanc. Elle s'obstinait à ne rien lui dire.

– Tu n'as rien à redouter, quel que soit le problème, continua-t-il. L'amour seul que nous éprouvons l'un pour l'autre saura vaincre toutes les difficultés et tous les obstacles que nous rencontrons déjà sur notre parcours.

En fait, c'étaient des astuces, des artifices par lesquels il passait pour tirer les vers du nez de sa fiancée. Il ne l'aimait plus d'un quart de poil, conscient qu'elle lui cachait l'une des vérités les plus cruelles de sa vie, cruautés qui s'ajoutaient à la vie frénétique et adultérine qu'elle menait depuis peu.

Et pour une des rares fois depuis deux ans, Claude la prit tendrement dans ses bras et lui dit dans un élan d'amour feint :

– Je t'aime, chérie !

Les yeux d'Élise s'émerveillèrent, elle lui jeta les deux bras à l'épaule, le serra furieusement dans ses mains et lui répondit d'une voix langoureuse :

– Moi aussi, je t'aime, mon chou !

Ils étaient restés dans cette position pendant un long moment.

– Le soleil déclinait à l'horizon, plongeant le septentrion dans la pénombre. Seuls le mugissement des bœufs et le hennissement des chevaux dans les enclos se faisaient entendre.

* * * *

Deux semaines plus tard, après un séjour qui avait été bref, mais riche en événements et reposant aussi bien pour l'un que pour l'autre dans le septentrion, Claude et Élise décidèrent de rebrousser chemin et s'en retournèrent chez eux, emportant dans leurs cœurs et dans leurs malles les souvenirs et les mœurs de ces peuplades aux civilisations multiformes.

Cependant, si le séjour de Claude avait été de tout repos, s'il avait effectué un voyage d'agrément au cours duquel il s'était plu et émerveillé par tout ce qu'il avait vu et découvert dans ces régions ensoleillées, celui d'Élise s'était révélé être un vrai calvaire. Des analyses, des examens et des prélèvements multiples lui avaient été faits et avaient été expédiés dans un célèbre hôpital gynéco-obstétrique de la capitale du pays. La fièvre des résultats qui tardaient tant à sortir lui échauffait l'esprit. Elle était redevenue anorexique, son humeur s'était faite plus chagrine et elle s'était laissé aller à des mortifications inquiétantes. Tout l'irritait à présent. Mais en même temps, elle sollicitait de plus en plus la présence permanente de Claude à ses côtés. Elle exigeait qu'il l'entourât de plus d'amour et d'affection. Elle en vint même à lui parler une nuit de se suicider. Claude en fut fort interloqué.

– Élise, lui dit-il, je vais te poser deux questions. Combien d'années cela fait-il depuis que nous vivons ensemble ?

– Sept ans, répondit-elle.

– Combien d'enfants m'as-tu donnés depuis ?

– Aucun ! répondit-elle.

– Et est-ce que je t'ai mise à la porte ?

– Non !

– Mais alors ? Pourquoi te fais-tu tant de bile ?

– Je ne sais pas, chéri, mais je suis dépassée !

– Dépassée par quoi ? Il n'y a pas de raison à cela !

Cela devenait intolérable. Seuls les résultats qu'ils attendaient pouvaient, espérait Claude, calmer la situation.

Et les choses allèrent ainsi jusqu'à la nouvelle rentrée scolaire. Élise fut affectée à l'École publique de Nkoussam, à la grande surprise de Claude qui ne comprit rien à ce concours de circonstances, d'autant plus que Nkoussam était son village natal, et que de mémoire de fonctionnaire, jamais l'on ne débutait sa carrière dans son village natal. Il était d'usage bien établi que la ville natale d'un fonctionnaire fût son dernier poste d'affectation et jamais le premier. Son bouleversement alla crescendo quand, immédiatement après ladite affectation, ses beaux-parents s'amenèrent au logis et déployèrent tous les trésors de leur imagination pour le

convaincre d'accepter qu'Élise quittât la Cité des Arts pour s'installer définitivement avec eux à Nkoussam.
- Mais pourquoi ? leur demanda-t-il.
- En s'installant auprès de nous à Nkoussam qui est sa première ville d'affectation, lui répondit son beau-père, ta femme te déchargera d'un fardeau bien inutile, fils.
- Lequel ? s'enquit Claude, troublé.
- Les incessants va-et-vient entre son lieu de service et son foyer te feront dépenser les yeux de la tête, mon fils ! dit la belle-mère pour se justifier.
- Pour moi, cela ne constitue aucun problème, à moins que vous ne soyez en train de préparer notre séparation, leur répondit-il, mettant ainsi un terme à leur prêchi-prêcha.

Une motocyclette fut mise à sa disposition pour lui assurer les navettes aller et retour. Cependant, Claude avait du mal à comprendre deux choses. La première avait été l'affectation de sa femme dans son village d'origine, en dépit de toutes les dispositions pratiques qu'il avait prises pour qu'on maintînt sa bien-aimée auprès de lui, dans la Cité des Arts. La deuxième chose qui échappait à son entendement avait été cet entêtement et cette obstination avec lesquels ses beaux-parents s'étaient acharnés sur lui pour qu'il cédât à leurs désirs de voir Élise s'installer au village. Ceux-ci lui avaient même envoyé des émissaires pour qu'ils plaident la cause de sa femme auprès de lui. Elle-même en était venue à le harceler à ce propos. Mais toujours, il ne cédait pas d'un iota à leurs jérémiades.

Vers le milieu de cette année-là, Élise renoua avec ses potions et ses décoctions. Elle en ramenait de son village chaque semaine. Des bonbonnes remplies d'un breuvage nauséabond tenaient tout un pan du mur de la cuisine. Mais

Claude n'en avait plus cure. La seule remarque qu'il avait pourtant faite était que ces breuvages, si elle mettait un acharnement démesuré à en rapporter tous les mois au domicile conjugal, elle ne manifestait pas autant de soin à en ingurgiter. Il s'en plaignit un soir.

– J'ai du mal à comprendre que tu t'obstines à rapporter des produits que tu ne prends pas ! Pourquoi ?
– Ils sont trop amers et infects, chéri ! répondit-elle.
– Ben ! alors ! Cesse donc d'en rapporter, c'est tout !

Mais toujours elle en rapportait. La cuisine maintenant était pleine à craquer de ces outres et de ces assiettes remplies de décoctions et de potions. À partir de cet instant où Claude lui eut fait remarque, elle changea de stratégie, n'en rapportant plus au foyer que des quantités infimes et qu'elle buvait malgré elle.

Ils étaient toujours dans l'attente des résultats des examens et des prélèvements. Pendant ce temps, Élise s'était reconvertie en une femme douce et très affectueuse, quoique son visage exprimât toujours de l'accablement et du chagrin. Les chatons même avaient retrouvé le bonheur et la joie de vivre auprès de cette maîtresse qui leur était apparue revêche et acariâtre autrefois. Martha filait sa classe de seconde d'un trait et s'épanouissait chaque jour davantage.

Deux mois et demi plus tard, on leur expédiait du septentrion les résultats des analyses et des prélèvements. La sentence avait été accablante et sans appel. Elle ne laissait de place à aucun secours ni recours. Élise ne savourera jamais l'ineffable bonheur d'être mère. Avant de s'ouvrir à elle, Claude avait tenu à vérifier ces résultats par un spécialiste qui était propriétaire de l'un des plus gros cabinets médicaux de la Cité des Arts. Ce spécialiste, au terme des vérifications et après analyse des clichés, lui avait dit, profondément navré :

– Monsieur ! Il vous faut vous armer de beaucoup de courage pour affronter la réalité. À vous dire vrai, fit-il en lui exhibant les clichés, il n'y a rien à attendre !

– Mais pourquoi, docteur ? lui demanda Claude.

– Ces clichés parlent d'eux-mêmes.

– Comment, docteur ?

– Votre épouse a subi une hystérectomie dans son jeune âge.

Claude ne savait pas ce que ce vocable voulait signifier. Aussi demanda-t-il au spécialiste :

– Et qu'est-ce que c'est, docteur ?

– C'est tout simplement, lui répondit-il, l'ablation des trompes et de l'utérus. Mais ! votre épouse ne vous en a jamais parlé ? demanda-t-il, ébahi.

– Non ! jamais docteur ! Mais qu'est-ce qui s'est donc passé pour qu'elle en soit arrivée là, docteur ? lui demanda-t-il, ébaubi et profondément hébété.

– Nom de Dieu ! Ah, les femmes !s'exclama le toubib. Quelle cruauté de leur part !

Puis il poursuivit :

– Des raisons multiples peuvent expliquer la suppression des organes procréateurs chez une femme, monsieur. Mais les analyses et les résultats des prélèvements démontrent clairement que votre épouse a été victime d'une tentative d'avortement provoqué clandestinement, avortement dont elle aurait dû mourir, n'eût été cette opération au terme de laquelle elle fut dépossédée de ses organes de procréation, condition *sine qua non* à sa survie. Vous comprenez donc pourquoi les analyses présentes confirment une aménorrhée que les précédentes n'ont pas pu établir !

Claude sortit du cabinet médical en pestant de rage. Une fureur homicide ensauvageait ses yeux injectés de sang. Qui l'eut aperçu ouvrant le portail du cabinet médical d'un grand coup de pied et déambulant sur le trottoir comme un somnambule l'aurait cru frappé de démence. C'était hallucinant. C'était de l'inédit, du jamais vu, du jamais entendu. Pas même au cinéma. Il semblait fou.

Lorsqu'il revint chez lui, la maison baignait dans un silence austère. Tout lui parut lugubre. Ce fut une nuit de deuil, une nuit d'horreur et de terreur. Son esprit faisait un tintamarre de tous les diables. Il préféra s'étaler dans la chambre extérieure plutôt que de revoir cette nuit-là cette femme qui apparaissait maintenant à ses yeux comme l'incarnation du démon. Mais Claude ne put trouver le sommeil cette nuit-là. Ce fut une nuit à marquer d'une croix blanche, une nuit funeste et lugubre au cours de laquelle il passa en revue les huit dernières années de sa vie partagées avec cette pécheresse. Il la vit telle qu'elle lui était apparue huit ans plus tôt dans le couloir du bâtiment administratif du collège protestant de la Cité des Arts ; les harcèlements auxquels elle s'était livrée pour le conquérir et le séduire, les airs de sainte nitouche qu'elle avait arborés, les agaçantes visites qu'elle lui avait rendues contre son gré, Martha dont elle ravit l'amour dès les premiers jours, ses parents qui lui avaient imposé cette fille à l'air candide, ses beaux-parents qui, dès le départ et avant même qu'il les eût connus, ne tarissaient pas d'éloges ni de louanges à son égard et qui organisaient même des séances de prières à leur domicile, implorant la grâce et la miséricorde de Dieu afin qu'il pourvût ce couple jeune de descendance, tout afflua dans son esprit cette nuit-là. Il ne savait à quel saint se vouer. Tous avaient menti, chacun en ce qui le concernait, à l'exception de ses parents qui, il en était persuadé, ne l'auraient certainement pas jeté dans les bras de cette fille s'ils avaient pu soupçonner quoi que ce fût de fâcheux ou d'incommode dans son passé.

Les potions, les infusions, les décoctions ; c'était de la poudre aux yeux ou pis encore, c'étaient des breuvages mystiques destinés à endormir ses esprits à lui, Claude, et à anéantir toutes ses facultés de discernement, à annihiler ses forces et à cadavériser au plus profond de lui toute velléité de découragement. Toutes ces sommes d'argent que sa belle-mère lui avait extorquées durant toutes ces longues années pour de prétendus traitements traditionnels n'avaient servi à rien d'autre qu'à l'abrutir, à le rendre idiot et inconscient, à l'éloigner de la réalité, de la vérité. Oui, une connexion de faits, d'actes, de propos et de comportements des uns et des autres lui permettait à présent de tout comprendre avec netteté : son beau-père qui l'avait accepté sans le moindre barguignage la première fois où ils s'étaient vus, l'accueil très chaleureux que toute la belle-famille lui avait réservé le premier jour de sa visite, les balbutiements et les hésitations d'Élise à chaque fois qu'il lui avait posé une question qui touchait à son intimité et à sa vie de jeune fille libre, le lourd mutisme dans lequel toute sa belle-famille se claquemurait chaque fois qu'il était venu se plaindre des écarts de conduite de sa fiancée, l'affectation de celle-ci dans son village au sortir de l'école de formation dont on lui avait soufflé que celle-ci avait été planifiée bien des années avant sa sortie de ladite école, les harcèlements et les pressions multiples que toute sa belle-famille avait exercés sur lui pour le convaincre de laisser Élise s'installer au village une fois l'affectation sortie. Oui, cette nuit-là, les dieux lui étaient tombés sur la tête. L'épée de Damoclès qui pendant très longtemps planait au-dessus de lui et dont il sentait la présence permanente, à présent venait de s'abattre sur lui de toutes ses forces. Il voyait maintenant tout le néant de son existence. Une famille, un clan, un village entier venaient de lui souffler huit longues années de sa vie, un village dont lui-même était originaire et où il était né quarante et un ans plus tôt. C'était la plus vaste conspiration qu'on n'eût jamais connue de mémoire d'homme dans l'histoire de ce village. La plus grosse arnaque jamais conçue ni planifiée de main de maître. Tout le monde était dans le coup : sa belle-famille d'abord, car comment ses membres, depuis le beau-père jusqu'au benjamin, pouvaient-ils prétendre n'avoir jamais été au courant de la déplorable situation de leur fille et sœur, d'autant plus que toute la famille vivait ensemble et unie comme les dix doigts de la main ; tout le voisinage de la belle-famille ensuite, car les résultats qu'il détenait à présent venaient corroborer une information transmise jadis à lui par un grand ami et voisin de la belle-famille, information qui faisait état d'un avortement provoqué par Élise à l'âge de quinze ans, avortement au terme duquel elle fut privée de certains organes que l'informateur soupçonnait fortement d'être procréateurs, mais que lui Claude avait envoyé promener, car il était jaloux et aimait sa femme d'un amour intarissable ; Et Élise, comment pouvait-elle ignorer ou feindre d'ignorer ce dont elle avait été victime, à moins que par un serment d'Hippocrate dont rien ne justifiait l'usage, le médecin qui avait procédé à l'hystérectomie à la seule fin de lui sauver la vie ne l'en eût pas tenue informée ? Et ses parents à lui dans tout ceci ? Non ! Il ne pouvait le croire ! C'était impossible, impensable ! Comment auraient-ils pu en toute conscience lui faire ce coup ? Non ! Trois fois non ! C'était hors de question ! Il ne fallait même pas qu'il y songeât.

Tout, cette nuit-là, lui passa par l'esprit. Il en fut si bouleversé qu'il préféra garder le silence, ne rien lui dire, prendre son calme, et attendre le moment propice pour exiger des explications.

CHAPITRE XIX

Quand le jour se leva, ce fut Martha qui alla tambouriner à la porte de la chambre qui jouxtait la sienne. Elle avait entendu son père rentrer tard dans la nuit et ouvrir la porte de la chambre extérieure, et elle en avait été profondément troublée. Jamais il ne rentrait tard ni ne couchait dans cette chambre.

– Que se passe-t-il, papa ? lui demanda-t-elle après qu'il lui eut ouvert.

– C'est que je suis rentré tard et ne voulais pas troubler votre sommeil, maman et toi ! lui répondit-il, la voix enrouée.

Martha sut que son père mentait, qu'il avait de sérieux problèmes et qu'il ne voulait pas lui en parler.

– Mais enfin ! Papa, qu'est-ce qui t'arrive ? Je suis ta fille et j'ai bien le droit de savoir ce qui ne va pas ! dit-elle d'une voix autoritaire.

– Oui, c'est vrai ! Je te le dirai plus tard. Je n'ai pas dormi de toute la nuit. Donne-moi du temps, veux-tu ?

– Oui, papa ! répondit-elle très soucieuse, puis elle referma la porte derrière elle.

Ce fut au tour d'Élise. Lorsqu'elle pénétra dans la chambre, elle vit Claude assis sur le lit, la tête entre les mains, les yeux rouges de sang. Elle éclata de colère.

– Monsieur me délaisse pour aller jouer sa vie avec je ne sais qui. Il retourne chez lui ivre mort et ne prend même pas la peine de me donner des explications ! Après on va me faire la morale sur mon comportement...

Elle ne put achever sa phrase. Claude qui n'avait pas bu une seule goutte venait de lui tendre une grosse enveloppe blanche et sans rien lui dire, s'était mis à l'observer pendant qu'elle lisait les résultats. Elle s'était mise à trembler de tout son être, ses yeux papillotant d'un feuillet à l'autre.

- Je ne comprends pas ce que les résultats disent ! dit-elle avec une sérénité que rien ne paraissait troubler.

- Mais ils ne disent rien d'autre que ce que ta famille et toi savez ! répliqua-t-il. Elle leva sur lui des yeux momifiés.

- Pourquoi faut-il toujours que tu en aies après ma famille chaque fois que ça ne va pas entre toi et moi ? explosa-t-elle une fois de plus.

- Élise ! dit-il au plus profond du désespoir, pourquoi m'as-tu caché la vérité pendant tout ce temps que nous avons passé ensemble ? Pourquoi m'avoir forcé à te prendre pour épouse sachant que ta cause était entendue ? Pourquoi tes parents ne m'ont-ils pas prévenu ? Pourquoi m'avez-vous extorqué tant d'argent, ta mère et toi, pendant longtemps pour une cause que vous saviez perdue d'avance ? Pourquoi as-tu été la seule parmi tous les élèves de ta promotion à avoir été affectée dans ton village natal ? Pourquoi ta famille au grand complet m'a-t-elle tant harcelé pour que je consente à te laisser t'installer au village après ton affectation ?

Elle demeurait muette et pâle comme une morte, statufiée par tout ce qu'elle entendait à présent. Elle s'attendait au pire. Puis très calmement, Claude, qui avait déjà préparé la fin quitta la chambre, prit Martha et tous deux empruntèrent la piste qui menait à la campagne. La petite pleurait à se fendre l'âme. Elle avait compris, maintenant qu'elle était entrée de plain-pied dans l'adolescence, que sa tata Élise ne ferait jamais d'enfants, quoi qu'elle fît dorénavant.

L'air suave et caressant de la plaine s'engouffrait dans leurs narines, leur fouettant le visage en même temps qu'il leur procurait un bien-être incommensurable. Soudain, Claude s'arrêta sur un tertre et revit au loin le gros rocher sur lequel, près de huit ans plus tôt, ils avaient scellé, Élise et lui, le pacte d'un amour éternel. Il s'y laissa choir et pleura à chaudes larmes. Ce rocher lui apparaissait à présent comme un rocher maudit qui avait plutôt scellé le pacte de son malheur.

Vers trois heures de l'après-midi, ils s'en retournèrent à la maison. Mais à leur grande surprise, ils trouvèrent toutes les ouvertures béantes. Claude pensa qu'un malheur était arrivé. Ce fut Martha qui, la première, fit la douloureuse et consternante découverte. Le salon avait été vidé de tout ce qui autrefois constituait l'ensemble des biens d'Élise. Seules ne subsistaient que des babioles. Ils pensèrent à un cambriolage, mais tout de suite après, ils chassèrent cette idée de leur esprit. Martha venait de s'engouffrer dans la chambre de ses parents et ce qu'elle y vit acheva de la consterner. La chambre elle aussi avait été déménagée de fond en comble.

– Maman ! Maman! appela-t-elle, mais personne ne lui répondit. Seuls les chatons émettaient des ronronnements lugubres. Claude s'affala dans le canapé, se prit la tête entre les mains et demeura dans cette position pendant de longues minutes. Puis il sortit le téléphone de sa poche, composa son numéro et appela. Celui-ci sonnait, mais aucune voix ne lui répondait à l'autre bout du fil. Ce fut le branle-bas général. Martha courut de voisinage en voisinage, mais toutes les portes étaient closes. C'était jour de marché.

Claude essaya à plusieurs reprises de la joindre au téléphone, mais en vain.

Il ne restait plus rien d'elle dans la chambre ni au salon, pas même le plus petit souvenir. Il en conclut qu'elle s'était volatilisée. Oui, elle avait préféré filer à l'anglaise plutôt que de passer aux aveux complets, emportant avec elle ce drame poignant qu'elle traînerait toute sa vie, l'abandonnant là, lui, pauvre imbécile avec sa fille. Elle avait tout reçu de lui, un titre, un nom, un rang et un statut. Et lui en retour, qu'avait-il hérité d'elle et de sa famille ? Le mensonge, la ruse, la fourberie, l'abus de confiance.

En quoi était-il coupable ? De l'avoir armée d'une plume plutôt que d'une pioche ? Non ! répondait-il aux langues qui partout s'étaient déliées, chacun y allant de son commentaire. Il disait ne l'avoir pas rencontrée errant dans les rues comme une âme en peine. Il avait voulu faire d'elle une femme de valeur, une vraie femme à travers laquelle la société féminine de son temps prendrait conscience de sa valeur et se mettrait au pas du monde. Pourquoi l'avait-il gardée auprès de lui après tant d'années sans progéniture ? Il objectait à toutes ces mégères aux langues venimeuses que le mystère de la création se trouvait entre les mains de Dieu et de Dieu seul. Qu'allait-il faire, à présent qu'il avait été vendu dans un marché de dupes ? lui demandait-on sans cesse. Il leur répondait qu'il n'irait pas se pendre pour autant, comme il était d'usage et qu'il ne chercherait pas non plus la moindre noise à cette femme. Il déclarait à qui voulait l'entendre qu'il avait tout simplement été l'instrument du destin par lequel Élise devait passer pour se frayer un chemin digne dans la vie. Il fallait que les choses allassent comme telles, qu'ils se rencontrassent, se fiançassent, qu'il lui frayât un passage dans la vie, et que pour le remercier, elle le quittât sans heurt ni effusion de sang. Une page de sa vie venait de se fermer, il allait en ouvrir une autre, sans tambour ni trompette. Il ne lui en voulait nullement. Et d'ailleurs, ne l'avait-elle pas accoutumé à l'idée qu'elle s'en irait un beau jour, à force de lui annoncer au moins une fois par mois, depuis qu'elle travaillait, que telle ou telle de ses collègues venait de prendre ses cliques et ses claques, emportant enfants et biens, abandonnant le mari et le père à son sort ? Ne lui avait-il pas répondu à chaque fois :

– J'espère que cela ne m'arrivera pas à moi aussi !

Mais toujours elle baissait la tête, préférant ne pas lui répondre, peaufinant et mijotant son coup dans la quiétude la plus absolue. Et cela était enfin arrivé. Oui, le destin venait de s'accomplir. Il fallait tourner la page, reprendre une nouvelle vie. Et Claude se résolut à la reprendre, avec un souffle nouveau.

Deux semaines plus tard, après la fuite d'Élise, et alors qu'il était allé au centre-ville faire des emplettes, Claude fut abordé par un loqueteux qui se présenta à lui comme le marabout qui soignait sa femme. Celui-ci lui demanda des nouvelles de sa patiente qu'il n'avait pas revue depuis plus d'un an.

– J'espère que ses coliques sont terminées et qu'elle va mieux à présent, s'enquit-il.

Claude comprit qu'Élise n'avait jamais été consulter pour une aménorrhée. Une autre fois, toujours au centre-ville, il la vit accrochée au bras d'un jeune homme qu'il reconnut aussitôt comme le jeune garçon dont il avait été l'hôte et l'amphitryon, et qu'elle lui avait présenté autrefois comme son cousin à lui, près de deux ans plus tôt.

– Faustin… Faustin… appela-t-il.

Celui-ci tourna les yeux dans sa direction en même temps qu'Élise et lorsqu'ils eurent aperçu Claude, ils éclatèrent tous deux d'un fou rire et continuèrent leur chemin, le plaquant là sur le trottoir. Claude hocha la tête et reprit sa route, le cœur palpitant, l'esprit bouillonnant.

« Donc ! Elle faisait venir ses amants sous mon toit », conclut-il.

Le lendemain matin de bonne heure, Martha se leva et entra dans la chambre de son père. Il n'y était pas. Elle ne comprenait rien. Il s'était pourtant couché tôt la veille. Que se passait-il ? Où était-il allé ? Pourquoi ne lui avait-il rien dit ? Soudain, une idée lui vint. Elle prit le trousseau de clés posé sur l'un des coffres du lit, se précipita vers la chambre extérieure, l'ouvrit et entra en coup de vent. Son père gisait au sol, la bouche et les yeux béants, une lettre posée sur sa poitrine,les lèvres barbouillées d'un noir charbonneux qui en coulait des commissures. Il était mort. Martha se rua au-dehors en poussant des cris stridents. Bientôt tout le voisinage accourut et l'on se retrouva autour du corps. Claude était mort par empoisonnement. Il avait jugé bon de s'en aller, par une sombre matinée de juin, exactement comme si le destin qui l'avait mis sur le chemin d'Élise en ce même mois plus de huit ans plus tôt avait tenu à les séparer au cours du même mois.

TABLE DES MATIERES

CHAPITRE I 7

CHAPITRE II 13

CHAPITRE III 19

CHAPITRE IV 31

CHAPITRE V 43

CHAPITRE VI 51

CHAPITRE VII 57

CHAPITRE VIII 65

CHAPITRE IX 69

CHAPITRE X 75

CHAPITRE XI 85

CHAPITRE XII 91

CHAPITRE XIII 97

CHAPITRE XIV 103

CHAPITRE XV 113

CHAPITRE XVI 127

CHAPITRE XVII 135

CHAPITRE XVIII 143

CHAPITRE XIX 155

Romans et nouvelles d'Afrique noire
aux éditions L'Harmattan

Dernières parutions

UNE APPARITION SURNATURELLE
André Léonard Tiagni
Ce roman est l'histoire mystérieuse de l'apparition du Démiurge dans un petit village d'Afrique centrale, ce qui jette un pavé dans la mare du quotidien des habitants. Chacun croit voir son destin basculer quand la plus haute autorité traditionnelle s'investit pour dénicher la vérité. Les villageois pourront-ils s'en sortir, au moment où chacun essaye de rester dans la course, à la poursuite de son destin ?
(Coll. Harmattan Cameroun, *11 euros, 70 p., novembre 2014*)
EAN : 9782343045665 EAN PDF : 9782336360317

ATANDELE ! DEMAIN DANS TES MAINS
Roman
Willy Kangulumba Munzenza
Atandele est un universitaire qui rêve d'une carrière fructueuse et d'une progéniture digne de lui mais qui, à la place, va subir la précarité et l'humiliation. Il décide alors de se lever et entraîne dans son combat la jeunesse consciente. Ce roman renouvelle la remise en cause d'une Afrique résignée face à l'inacceptable et réveille la conscience des jeunes appelés à gérer la société de demain. Ainsi sonne l'hymne à Atandele : Nous sommes, nous sommes tous Atandele, qui engage chacun de nous.
(Coll. Encres Noires, *17,5 euros, 178 p., novembre 2014*)
EAN : 9782343047331 EAN PDF : 9782336362601

AU DIRE DE MES AÏEUX
Une facette du passé des Fang du Gabon
Casimir Alain Ndhong Mba – Préface de Christophe Ozomo
Dans ce livre, l'auteur rapporte des faits racontés par ses aïeux sur le passé ancestral. Il nous fait partager quelques idées bien arrêtées que les anciens avaient sur la société, leurs rêves, leur manière d'interpréter les cris d'animaux, de considérer la femme, etc. Il porte un regard acerbe sur certains maux de la société, sous le couvert d'une tradition quelque peu dévoyée, à travers les déboires d'un nommé Asticot et la vie d'une grand-mère victime de son dévouement.
(Coll. Écrire l'Afrique, *14 euros, 136 p., décembre 2014*)
EAN : 9782343042671 EAN PDF : 9782336362670

BIAGUI MANTA
Roman
Pascal Mancore
Ce roman est le récit de vie d'un jeune villageois, Biagui Manta, qui, à force de caractère et d'abnégation, parvient à mener brillamment ses études jusqu'à entrer

dans l'une des plus prestigieuses universités et à y évoluer avec les meilleures performances. À travers une intrigue bien pensée, l'auteur aborde les thèmes de la corruption, de la drogue, de la dégradation de l'environnement, de la politique politicienne, du dialogue islamo-chrétien, du terrorisme international.
(26 euros, 266 p., décembre 2014)
EAN : 9782343051161 EAN PDF : 9782336364155

CUSHING
Roman
Fatou Diop
Jeune mariée, Maty est atteinte d'une maladie rare. Elle est évacuée pour être soignée dans un service spécialisé d'un hôpital parisien. Digne et courageuse, elle est le portrait idéal de la femme sénégalaise avec sa peau d'ébène. Quelle est donc cette maladie si rare ? Parviendra-t-elle à en guérir ? Réussira-t-elle à retrouver le sourire ? Sera-t-elle en mesure de pouvoir un jour reprendre le cours de sa vie auprès de sa famille ?
(16,5 euros, 158 p., novembre 2014)
EAN : 9782296998926 EAN PDF : 9782336360904

ÉTONNANT !
Kokamwa ! Et autres nouvelles
Marie-Françoise Moulady-Ibovi
Un soir que je dansais dans une boîte de nuit, le postérieur bien emballé dans un jean-slim-taille-trop-basse, j'ai rencontré un politicien. Il m'a draguée avec son portefeuille lourd de CFA et «son gros français». Je me suis laissée séduire. Il a versé dans le tuyau de mon oreille tout un tas de baratins. Tu connais le baratin des politiciens, hein ? Nos rencontres avaient lieu dans les chambres VIP de l'hôtel Olympic Palace et de la résidence Marina : ce n'était que des corps-à-corps brûlants... sans préservatifs.
(Coll. Écrire l'Afrique, 14 euros, 144 p., novembre 2014)
EAN : 9782343044484 EAN PDF : 9782336360386

LES FUMÉES DE LA FOLIE
Roman
Boubacar Ndiaye
Ce roman est un plaidoyer, un témoignage à chaud sur le problème de la drogue. C'est un prétexte pour interpeller et appeler à la fois gouvernants et chefs de famille à une vigilance soutenue et à une grande sensibilisation au même titre que la répression pour éradiquer ce mal.
(12 euros, 104 p., décembre 2014)
EAN : 9782296998797 EAN PDF : 9782336362915

L'INCONNU SUR LA TOILE
Ou Rencontre avec Khaled M.
Mariette Blanche Ekoume
Préface de Linus Toussaint Mendjana
À tout juste 30 ans, Gabriela est une brillante avocate qui croyait avoir tout pour être heureuse. Même l'amour, qu'elle ne cherchait plus. Emportée par ses sentiments, elle est sourde aux mises en garde de son entourage sur cet amour, virtuel. Ainsi, c'est tout son univers qui bascule le jour où se dévoile la véritable

identité de ce mystérieux inconnu du Net. Gabriela réalise, avec horreur, qu'elle a chatté pendant près d'un an avec l'un des terroristes les plus recherchés au monde.
(Coll. Harmattan Cameroun, 15,5 euros, 154 p., décembre 2014)
EAN : 9782343043548 EAN PDF : 9782336364292

JUNGLE
Roman
Jean-Sebastien Zahm
Colin vit avec son père Gérard, expatrié, dans une petite ville de Guinée. Excessif, violent, destructeur, Gérard ne fait que des passages furtifs dans la maison familiale, abandonnant son fils à Fatou, sa jeune compagne, avec qui ce dernier tisse des liens de plus en plus troubles. Colin devine que de sombres secrets rongent son père. Construit comme une enquête familiale, ce roman initiatique fait basculer, par petites touches cruelles, la vie de son héros de quinze ans.
(Coll. Écrire l'Afrique, 22 euros, 268 p., novembre 2014)
EAN : 9782343037301 EAN PDF : 9782336359724

LE MIRACULÉ DES BORDS DU FLEUVE MANO : SOUGA
Mamady Koulibaly
Le miraculé des bords du fleuve Mano : Souga est le récit romancé des tribulations d'un rescapé de la guerre du Libéria. Le personnage principal, marqué par la douleur du reniement, a passé près de deux décennies à errer sans cesse entre la Guinée, la Sierra Leone, le Libéria. Il apporte son témoignage sur des faits marquants : la révolution guinéenne, les troubles qui ont secoué le Libéria depuis l'assassinat de William Tolbert jusqu'à l'éviction de Samuel Doe.
(Coll. Harmattan Guinée, 12 euros, 102 p., décembre 2014)
EAN : 9782343051857 EAN PDF : 9782336364261

MON CONTINENT À FRIC
Un essai à deux voix sur l'attractivité du continent africain et de sa jeunesse
Darouiche Cham, Jean Eyoum
La première approche proposée dans cet ouvrage consiste à suivre l'évolution d'Ibrahima, un jeune Sénégalais de 14 ans passionné par le football et dont les rêves de gloire vont être confrontés aux réalités socioéconomiques de son pays natal ainsi qu'aux failles du système football mondialisé. Dans une seconde approche, Ibrahima devient la personnification d'un continent - l'Afrique - ayant souvent servi de pompe à fric aux détrousseurs postcoloniaux et devenu une zone de «libre racket».
(Coll. Écrire l'Afrique, 13 euros, 120 p., novembre 2014)
EAN : 9782343046723 EAN PDF : 9782336360355

LA PLACE MARIALE
Roman
Jean Cliff Davy Oko-Elenga
Pot pourri est embarqué lors de la rafle de la place Mariale car, détenteur d'un kiosque et féru de lecture, il est un informateur potentiel. Il est innocent et n'a pas sa langue dans sa poche, alors, il compte bien faire éclore le boulet qu'il trimballe depuis quarante ans sous l'emprise de frustrations mal sublimées. Une association humanitaire lui offre un cahier, palliatif à la liberté, à travers lequel il imagine enfin un scénario où il distribue les rôles avec la seule idée de se faire justice.
(Coll. Harmattan Congo, 18 euros, 182 p., novembre 2014)
EAN : 9782343027326 EAN PDF : 9782336359762

LA RÉPUBLIQUE DES SANS-SOUCI
Jean-Célestin Edjangue
Mukala était devenu président de la «République des sans-souci», en Afrique, par la seule volonté de l'ancienne puissance coloniale. Cette dernière devait l'assurer de son maintien au pouvoir à vie. Dans ce jeu politique où la mère patrie puisait dans les ressources économiques de la jeune République depuis son indépendance en 1960, c'est l'immense majorité du peuple qui trinquait. Jusqu'au jour où la jeunesse de la République des sans-souci décide d'en finir avec un régime qui appauvrit le peuple tout en se remplissant les poches...
(Coll. Écrire l'Afrique, 14 euros, 122 p., décembre 2014)
EAN : 9782343033884 EAN PDF : 9782336363622

SIRÈNE DES SABLES − Anthologie de nouvelles
Lydia Evoni, Assia-Printemps Gibirila, Liss Kihindou, Binéka Danièle Lissouba, Evelyne Mankou, Pénélope-Natacha Mavoungou-Pemba, Marie-Françoise Moulady-Ibovi, Gilda-Rosemonde Moutsara-Gambou, Huguette Nganga Massanga, Jussie Nsana, Marie-Léontine Tsibinda
Collectif Femmes écrivaines du Congo-Brazzaville − Préface d'Arlette Chemain
Elles écrivent des nouvelles, de la poésie, des romans, des essais, des pièces de théâtre. Elles se sont réunies ici autour d'un thème séduisant et d'actualité : la sorcellerie. Ces onze écrivaines congolaises mettent un projecteur sur le monde invisible et ténébreux des sorciers, magiciens, féticheurs-nganga, marabouts, guérisseurs et autres ndokis...
(Coll. Écrire l'Afrique, 19,5 euros, 212 p., décembre 2014)
EAN : 9782343044859 EAN PDF : 9782336363134

LES TEMPS N'ONT RIEN CHANGÉ MANSANGA
Roman
Jean-Paul Mfinda
Ce roman décrit une liaison à la fois passionnelle et mystérieuse entre monsieur Do, veuf et entreprenant, et madame Mansanga, une belle dame, divorcée et pieuse.
(Coll. Harmattan RDC, 13,5 euros, 122 p., décembre 2014)
EAN : 9782343049083 EAN PDF : 9782336363349

LE ZOUAVE DE RASPOUTINE
La faillite d'une élite - Nouvelles
Gérard Essomba Many
Le zouave de Raspoutine est l'expression du ras-le-bol d'un citoyen, horripilé par l'état dans lequel son pays a été plongé par une élite prédatrice. L'auteur tire la sonnette d'alarme, car, nostalgique d'un pays qui fonctionnait suivant le respect de certaines valeurs traditionnelles, il est indigné de vivre avec impuissance cette descente aux enfers de la terre de ses ancêtres.
(Coll. Harmattan Cameroun, 10 euros, 65 p., novembre 2014)
EAN : 9782343034737 EAN PDF : 9782336361277

L'HARMATTAN ITALIA
Via Degli Artisti 15; 10124 Torino
harmattan.italia@gmail.com

L'HARMATTAN HONGRIE
Könyvesbolt ; Kossuth L. u. 14-16
1053 Budapest

L'HARMATTAN KINSHASA
185, avenue Nyangwe
Commune de Lingwala
Kinshasa, R.D. Congo
(00243) 998697603 ou (00243) 999229662

L'HARMATTAN CONGO
67, av. E. P. Lumumba
Bât. – Congo Pharmacie (Bib. Nat.)
BP2874 Brazzaville
harmattan.congo@yahoo.fr

L'HARMATTAN GUINÉE
Almamya Rue KA 028, en face
du restaurant Le Cèdre
OKB agency BP 3470 Conakry
(00224) 657 20 85 08 / 664 28 91 96
harmattanguinee@yahoo.fr

L'HARMATTAN MALI
Rue 73, Porte 536, Niamakoro,
Cité Unicef, Bamako
Tél. 00 (223) 20205724 / +(223) 76378082
poudiougopaul@yahoo.fr
pp.harmattan@gmail.com

L'HARMATTAN CAMEROUN
BP 11486
Face à la SNI, immeuble Don Bosco
Yaoundé
(00237) 99 76 61 66
harmattancam@yahoo.fr

L'HARMATTAN CÔTE D'IVOIRE
Résidence Karl / cité des arts
Abidjan-Cocody 03 BP 1588 Abidjan 03
(00225) 05 77 87 31
etien_nda@yahoo.fr

L'HARMATTAN BURKINA
Penou Achille Some
Ouagadougou
(+226) 70 26 88 27

L'HARMATTAN SÉNÉGAL
10 VDN en face Mermoz, après le pont de Fann
BP 45034 Dakar Fann
33 825 98 58 / 33 860 9858
senharmattan@gmail.com / senlibraire@gmail.com
www.harmattansenegal.com

L'HARMATTAN BÉNIN
ISOR-BENIN
01 BP 359 COTONOU-RP
Quartier Gbèdjromèdé,
Rue Agbélenco, Lot 1247 I
Tél : 00 229 21 32 53 79
christian_dablaka123@yahoo.fr

Achevé d'imprimer par Corlet Numérique - 14110 Condé-sur-Noireau
N° d'Imprimeur : 126491 - Dépôt légal : février 2016 - *Imprimé en France*